LUKE'S BESESSENHEIT

RED LODGE BÄREN - 1

KAYLA GABRIEL

Luke's Besessenheit
Copyright © 2020 by Kayla Gabriel

Alle Rechte vorbehalten. Kein Teil dieses Buches darf in irgendeiner Form oder mit irgendwelchen Mitteln ohne ausdrückliche, schriftliche Erlaubnis der Autorin elektronisch, digital oder analog reproduziert oder übertragen werden, einschließlich, aber nicht beschränkt auf, Fotokopieren, Aufzeichnen, Scannen oder Verwendung diverser Datenspeicher- und Abrufsysteme.

Veröffentlicht von Kayla Gabriel als KSA Publishing Consultants, Inc.
Gabriel, Kayla
Luke's Besessenheit

Coverdesign: Kayla Gabriel
Foto/Bildnachweis: Deposit Photos: val_th, hannah_monika, VolodymyrBur

Anmerkung des Verlegers: Dieses Buch ist *ausschließlich für erwachsene Leser* bestimmt. Sexuelle Aktivitäten, wie das Hintern versohlen, die in diesem Buch vorkommen, sind reine Fantasien, die für Erwachsene gedacht sind und die weder von der Autorin noch vom Herausgeber befürwortet oder ermutigt werden.

SCHNAPP DIR EIN KOSTENLOSES BUCH!

MELDE DICH FÜR MEINEN NEWSLETTER AN UND ERFAHRE ALS ERSTE(R) VON NEUEN VERÖFFENTLICHUNGEN, KOSTENLOSEN BÜCHERN, RABATTAKTIONEN UND ANDEREN GEWINNSPIELEN.

kostenloseparanormaleromantik.com

1
SIE SIND HÖFLICH EINGELADEN …

Familie Beran freut sich, eine Kennlernparty am 4. Juni 2014 um 17.00 Uhr in der Red Lodge, Montana zu veranstalten. Die Veranstaltung wird Livemusik und Essen bieten, zusammen mit Anleitung für den Two-step! Alle heiratswürdigen Berserkers von der Alpha-Blut Familie in jedem Clan werden ermutigt, daran teilzunehmen. Bringt eure Cowboystiefel mit und tanzt die ganze Nacht durch!

Aubrey Umbridge starrte auf eine unberührte weiße Karte und hielt sie verwirrt in der Hand.

„Eine Einladung …", sagte sie, ihre Augenbrauen zogen sich zusammen, als sie ihre Eltern ansah. Das Wohnzimmer der Familie schien jetzt irgendwie kleiner, als wenn der Stuhl, auf dem sie saß, mehrere Meter näher an die Couch gerückt wäre, wo ihre Eltern saßen. Der Gedanke an eine Kennlernparty mit anderen Berserkers zur Partnersuche ließ ihren Mund trocken werden, ihr Puls beschleunigte sich … und nicht auf gute Weise.

„Ja", grunzte ihr Vater, der noch nie viel gesprochen hatte. Er war ein 2 Meter großer, reiner, stattlicher Alphabär, mit hellsilbernem Haar und einem ewig finsteren Blick.

„Deswegen habt ihr mich aus der Stadt geholt? Ich habe euch doch gesagt, dass ich eine wirklich stressige Woche auf der Arbeit hatte", sagte Aubrey und schüttelte ihren Kopf.

Aubreys Mutter lehnte sich nach vorne und für einen Moment wurde Aubrey daran erinnert, woher sie ihr eigenes Aussehen hatte. Aubreys Mutter war 1,60 Meter groß und bestand aus reinen Kurven. Ihr rundes, süßes Gesicht und ihre glitzernden, grünen Augen waren der perfekte Spiegel von Aubreys eigenem; nur das Alter ihrer Mutter und ihr kurzes, braunes Haar unterschied sie von ihr. Aubreys eigenes Haar war hüftlang und tiefkirschrot gefärbt, es umrahmte ihren großen Körper perfekt und hob ihre dunkle Kleidung und ihre blasse Haut hervor.

„Aubrey", sagte ihre Mutter. „Wir … es ist wichtig, dass du hingehst."

Aubrey schaute wieder perplex auf die Einladung.

„Es ist dieses Wochenende. Ich kann nicht hingehen, ich bin mit Valerie und

Samantha fürs Kino verabredet", protestierte Aubrey.

„Na ja, meine Liebe –", sagte ihre Mutter.

„Es ist verpflichtend", stimmte ihr Vater ein.

Aubreys Kiefer sackte nach unten.

„Entschuldigung?", schaffte sie es nach einem Moment zu sagen.

„Es ist erforderlich, du hast keine Wahl", sagte ihr Vater.

„Ich – ich weiß, was das Wort Verpflichtung heißt, Dad!", rief Aubrey. „Ich bin eher darüber besorgt, warum ihr glaubt, ihr könnt mich dazu zwingen, eine ... eine bescheuerte Kennlernparty der Berserker zu besuchen. Warum, um alles auf der Welt wollt ihr, dass ich das mache und warum sollte ich zustimmen?"

„Um einen Partner zu finden", sagte ihr Vater und lehnte sich gegen das Sofa und verschränkte die Arme. „Und du musst auf deine Sprache hier im Haus aufpassen."

Aubrey war zum zweiten Mal in kurzer Zeit sprachlos.

„Um einen Partner zu finden? Ihr macht wohl Witze! Warum glaubt ihr, ihr könnt das von mir fordern?"

„Also, Aubrey Liebling", sagte ihre Mutter und versuchte zu vermitteln. „Es geht nicht nur um dich. Es geht um all die Kinder der Alpha Familien."

„Dad ist kein Alpha mehr", wies Aubrey sie darauf hin. „Er ist vor zwei Jahren in Rente gegangen. Ich bin nicht einmal qualifiziert für diese ... diese *Einladung*."

„Ich war Teil des Alpha Komitees, das das entschieden hat. Die Diskussion begann schon vor Jahren", sagte ihr Vater.

Aubrey schaute ihn einen Moment an und versuchte herauszufinden, was los war.

„Der Alpha Rat hat nichts Besseres zu tun, als Speed Dating Events für ihre Kinder zu veranstalten? Das kann ich nicht glauben."

„Na ja, dann solltest du diesen Unglauben besser aussetzen, Aubrey. Der Rat wird nicht herumsitzen und zusehen, wie unsere Art ausstirbt, nur weil unsere Generation sich nicht niederlassen will. Die Veranstaltung ist keine Wahl. Einen Partner im nächsten Jahr zu finden ist verpflichtend für alle Single Berserkers von zwanzig bis fünfundvierzig. Ohne Ausnahme", sagte ihr Vater.

„Hörst du dir selbst zu? Das hört sich viel schrecklicher an, als das Gespräch, dass du mit mir hattest, ehe du mich mit Lawrence verkuppeln wolltest."

Aubrey entging nicht, wie ihr Vater bei dem Namen des Mannes zusammenzuckte.

„Das ist nicht dasselbe", verteidigte er sich.

„Aubrey", mischte sich ihre Mutter ein. „Das ist nichts Neues. Die Berserker haben das schon immer in harten Zeiten gemacht. So haben dein

Vater und ich uns getroffen, wenn du dich erinnerst."

„Du hast mir etwas versprochen! Oder hast du es vergessen?", forderte Aubrey sie heraus.

Ihr Vater stand auf und sein Gesicht wurde rot vor Wut.

„Es ist zwei Jahre her, Aubrey! Ich hätte dir alles gegeben damals, alles damit du dich wieder sicher fühlst. Aber ich hätte nie gedacht, dass du für fast ein Jahrzehnt alleine bleiben würdest. Du hattest nicht einen einzigen ernsthaften Freund seitdem und das kann nicht so weitergehen."

„Ich habe Freunde gehabt", verteidigte Aubrey sich.

„Bären?", fragte ihr Vater und hob eine Augenbraue, als er in ihre Richtung ging und aggressiv wurde. Sein Bär war nahe an die Oberfläche gekommen und erhob sich genauso wie seine Wut.

Aubreys Bär war direkt dahinter und drückte in ihr, um herauszukommen. Der Bär beschützte Aubrey wild bei jedem Angriff und wollte nicht zulassen, dass ein kleines Ding wie ein hoch aufragender Alpha-Mann dieser Pflicht im Wege stand.

Während sie versuchte ihren Bären im Zaum zu halten, kam ihr ein hinterhältiger Gedanke. Normalerweise würde Aubrey alles tun, um zu vermeiden, dass ihr Vater wütend wurde, aber in diesem Moment würde es ihr ein wenig Spielraum verschaffen. Wenn er sich veränderte und begann Möbel zu zerstören, würde ihre Mutter sich verwandeln müssen, um ihn aufzuhalten. Aubrey wäre vergessen in dem Chaos und sie wäre auf dem Weg nach San Francisco, noch ehe sie bemerkten, dass sie weg war. Sie musste ihn nur noch ein wenig weiter reizen und ihr Vater würde durchdrehen.

„Was ist schon wichtig daran, wen ich date?", keifte Aubrey und stand auf und starrte ihrem Vater in die Augen.

Ihre Mutter griff ein, griff ihren

Vater an der Taille und zog ihn einen Schritt zurück. Dann drehte sie sich zu Aubrey um, und erriet, was Aubrey vorhatte.

„Weil du ein echter Bred Berserker bist und du die Aufgabe hast, deine Gene weiterzuführen, Aubrey Rose Umbridge. Jetzt hör auf, mit deinem Vater zu streiten."

„Ich werde keinen Partner suchen", sagte Aubrey und verschränkte ihre Arme, um die Haltung ihres Vaters nachzumachen.

„Dann wirst du aus dem Clan ausgestoßen und ich weiß, dass du das nicht willst", sagte ihre Mutter.

„Du – das meinst du nicht ernst!", rief Aubrey.

„Hör mal, ich weiß, dass du das nicht willst. Du hast ein Leben in der Stadt mit deinen Freunden. Dein Vater und ich sind froh, dass du einen Weg gefunden hast, das sind wir wirklich", sagte ihre Mutter.

„Aber?", unterbrach sie Aubrey.

„Aber du musst einen Partner finden. Es ist nichts, was wir uns ausgesucht haben, aber es ist so. Alles, was wir wollen, ist, dass du eine Party besuchst, was kein großer Deal ist, oder?", fragte ihre Mutter.

„Eine Party in Montana, wo ich einen fremden Mann aussuchen soll, den ich den Rest meines Lebens als Partner haben will. Ich wiederhole mich selbst, wollt ihr mich veralbern?"

„Du gehst", sagte ihr Vater und schüttelte seinen Kopf und stellte sich wieder in die Nähe der Couch. „Wir werden das nicht weiter diskutieren. Müssen wir dich zu der Kennlernparty eskortieren oder wirst du freiwillig hingehen?"

„Jack! Hör auf, so tyrannisch zu sein, du hilfst nicht!", seufzte ihre Mutter. „Aubrey, bitte. Bitte geh einfach zu der Party. Bleib eine Stunde, lerne neue Leute kennen. Wenn du es nicht magst, dann finden wir einen anderen Weg."

Aubrey sah ihrer Mutter in ihr besorgtes Gesicht und schmolz ein wenig dahin.

„Gut", seufzte sie. „Ich werde gehen, aber das wird nicht funktionieren. Ich mag mein Leben, so wie es ist. Ich bin nicht dazu geschaffen, einen Partner zu haben."

„Sturkopf", murmelte ihr Vater und drehte sich um und stampfte in Richtung seiner Männerhöhle in der hinteren Ecke des Gartens.

„Danke, Liebling. Ich denke, wenn du dem eine Chance gibst, dann hast du vielleicht sogar eine gute Zeit", bot ihre Mutter an.

Aubrey sah die Verletzlichkeit in dem Ausdruck ihrer Mutter, als sie ging, aber sie konnte sich nicht dazu durchringen, sie zu besänftigen. Das war nur das Neuste in einer langen Reihe von Forderungen von ihrem Vater, gebrochene Versprechungen im Namen der Rettung der Berserkers. Das war Amerika und nicht irgendein zurückgebliebenes Dritte-Weltland und dennoch war ihre Art immer noch sozialem Druck und Ehearrangements wie bei indischen Bräuten unterworfen.

Brodelnd kletterte Aubrey in ihren schwarzen VW Golf und fuhr in ihrem Auto auf den Highway. Die Meilen flogen an ihr vorbei, als sie das Problem in ihren Gedanken verarbeitete, die Landschaft draußen hinter der Windschutzscheibe wurde zu einer verschwommenen Linie aus weißen Punkten in der Dunkelheit.

Zum ungefähr tausendsten Mal wünschte Aubrey sich, dass sie menschlich geboren wären. Wenn sie menschlich wäre, dann wäre nichts von dem passiert. Nicht mal das Ding mit Lawrence wäre passiert.

Sie schauderte und zwang ihre Gedanken weg von der freudlosen Episode in ihrem Leben. Ihre Gedanken gingen zur Party, zu dem Gedanken an wählbaren Männern. Sie musste zugeben, dass sie nichts dagegen hatte einen attraktiven Fremden zu treffen und ein kleines Tête-à-Tête zu haben, aber mehr wollte sie nicht. Es war schon lange her, seitdem sie wilden, herzrasenden, atemlosen Sex hatte.

Sie atmete ein und konnte nicht aufhören nicht an Luke zu denken. Luke, ihre Fantasie wurde zum Leben erweckt. Luke, der Lover ohne Nachnamen. Der Berserker, der den Moment in ihrem Erwachsenenleben mit ihr geteilt hatte, an dem Aubrey wirklich alles alleine an die Wand gefahren hatte. Es war ihr größter Moment der Reue, noch größer als die Zustimmung Lawrence zum ersten Mal zu treffen.

Luke ... sie hatten ihn während eines Wochenendausflugs in San Diego kennengelernt. Es war schon fast zwei Jahre her, obwohl Aubrey es kaum glauben konnte. Luke war unglaublich, gut genug, um das ganze Wochenende, das sie mit ihren Collegefreunden geplant hatte, ausfallen zu lassen. Sie hatte ihn in der Bar ihres Hotels getroffen, beide hatten sich als diejenigen mit Berserker Blut erkannt. Luke war groß und muskulös, sein dunkles Haar war kurz gehalten, sein Kiefer war mit Stoppeln von mehreren Tagen übersät. Und diese Augen ... er hatte die unglaublichsten Augen, wie dunkles Meerglas. Er hatte sich selbst vorgestellt, nach ihrem Namen gefragt und zwanzig Minuten später standen sie in dem vergoldeten Hotelaufzug, mit den Lippen aufeinander und der Sehnsucht nach mehr.

Sie hatten zusammen im Hotelbett gelegen für gute fünfundvierzig Stunden, hatten gelacht und Champagner über den Zimmerservice bestellt und ihre Körper entdeckt. Der Sex war berauschend gewesen, wirklich wie eine Art Droge. Er hatte sie überall angefasst. Obwohl er eher ein ruhiger Typ war, machte er ihr laufend Komplimente und Bitten und knurrte weich, all das während seine großen Hände über ihre Hüften und Schenkel und Arme und Bauch wanderten, die Stellen an ihrem Körper, wegen denen sie sich unsicher fühlte. Er war unersättlich mit jedem Bissen hungrig nach ihr, so wie sie nach ihm. Die Zeit, die sie zusammen verbracht hatten, war Balsam für ihre Seele, heilte etwas von den dunklen, zerbrochenen Stellen in ihr, die Lawrence aufgewühlt hatte.

Und dennoch hatte sie nie nach seinem Nachnamen gefragt. Als Luke sie das letzte Mal geküsst hatte, waren ihre Augen dunkel geworden, als er erklärt hatte, dass er am nächsten Tag versetzt werden würde und keine andere Wahl hatte, als zu gehen, hatte Aubrey eine Entscheidung getroffen. Sie wollte, dass ihre Zeit perfekt war, eine knackige Blase der Erinnerung, an der sie sich festhalten konnte.

Sie hatte Luke umarmt und ihm gedankt. Als er aufgestanden war um zu duschen und sich anzuziehen, hatte sie ihre Tasche gepackt und war geflohen. Sie hatte sich nicht einmal selbst zugestanden, ihn zu finden, obwohl sie seit einem Jahr dauernd an ihn dachte. Sie konnte mit dem Gedanken ihn gehen zu lassen, nicht abschließen, selbst wenn er sie an …

Sie schob den Gedanken weg. Jetzt war keine Zeit, an ihr tiefstes, dunkelstes Geheimnis zu denken, etwas das sie kaum sich selbst gegenüber zugeben konnte.

Nein, sie dachte eher an Luke, wie sexy er gewesen war. Er war immer noch ihre Lieblingsfantasie; immer, wenn sie sich alleine fühlte, und entschied, sich ein wenig mit Selbstliebe zu belohnen, war Luke für sie da.

Aubrey wandte sich in ihrem Sitz, sie erkannte, dass heute Nacht sich in eine dieser Nächte verwandelte. Etwas, was sie zumindest von den Gedanken an das Wochenende ablenkte. Sie drehte das Radio auf, lächelte und drückte aufs Gas und staunte über die San Francisco Skyline, die sich vor ihr aufbaute.

2

Aubrey stand in dem übergroßen Gästebadezimmer der Montana Lodge und starrte sich selbst im Spiegel an. Ihr langes Haar war in einen losen Seitenzopf gebunden, Mascara schimmerte über ihre grünen Augen, ein wenig Röte brachte ihre Wangenknochen zum Vorschein. Sie trug ein zartes Kleid mit Empire-Taille und der cremig gelben Farbe des Nachmittagssonnenlichts, der Ausschnitt war tief und zeigte ihr Dekolleté. Ein recht weißes Spitzenband umkreiste ihre Taille, direkt unter ihren großzügigen Brüsten und war an ihrem Rücken zusammengebunden und vollendete ihre weibliche Figur. Sie hatte ihr Outfit mit einer weichen, kurzärmeligen weißen Strickjacke und feuerroten Cowboys Boots vervollständigt, ein toller Impulskauf, den sie vor ein paar Jahren gemacht hatte und für den sie selten die Gelegenheit hatte, es zu zeigen.

Sie schaute auf ihre Arme und auf ihre Tattoos. Sie hatte eine dicke schwarze Lebensschleife an einem Handgelenk und ein keltisches Schmiedeeisen an der anderen. Eines an ihrem Unterarm zeigte eine wunderbare grasgrüne Schlange, die sich um einen lebendigen roten Apfel wandte. Der andere Arm hatte ein Streulicht aus kleinen Sternen, Monden und Planeten in verschiedenen Farben. Sie liebte ihre Tattoos und hatte jedes Jahr eins als Geschenk für sich selbst hinzugefügt.

Aubrey drehte sich zur Seite und seufzte. Die Party draußen war in vollem Gang und hier versteckte sie sich in einem bescheuerten Badezimmer. Sie hatte ein paar Cocktails gehabt, hatte ein wenig mit ein paar netten Berserkern getanzt und dennoch fühlte sie sich ... schäbig. Egal wie gut sie gekleidet war, wie witzig sie sein konnte, ihr Herz war nicht dabei. Sie schaute sich weiter ihre Konkurrenz an und bemerkte, wie ein paar der Berserker Frauen modelartige Blondinen waren, die flirteten und sich mit Leichtigkeit unter die Leute mischten.

Aubrey war mehr als nur vollschlank. Sie hatte große Brüste, weite Hüften und einen wirklich großen Hintern. Sie biss sich auf die Lippen und schaute auf ihr Handy. Sie musste nur noch zwanzig weitere Minuten aushalten und dann war das vage Versprechen, dass sie ihrer Mutter gegeben hatte erfüllt.

Ist das wirklich versuchen, wenn man sich die Hälfte der Party über im Badezimmer versteckte, schalt sie sich selbst.

Sie stellte sich gerade hin und drückte ihre Schultern durch, sie zwang sich, das Badezimmer zu verlassen und wieder nach draußen zu gehen. Sie ging wieder auf die Rundumveranda, wo Fidelmusik spielte und sie in den Bann zog. Sie entschied sich, noch einen weiteren Drink zu nehmen und dann der Suche eine weitere Chance zu geben. Vielleicht konnte sie danach sogar den süßen dunkelhaarigen Mann finden, mit dem sie vorhin getanzt hatte und einen weiteren Versuch mit dem Two-Step machen.

Sie trat in die summende Menge und schaffte es nur ein paar Meter weit, ehe ein großer blonder Mann rückwärts stolperte und sie fast umriss.

„Du bist so eine blöde Raumverschwendung, Emmet!", rief ein weiterer Mann.

Aubrey schaute um den blonden Mann herum, und fand einen gutaussehenden dunkelhaarigen Berserker, der vor Wut rot im Gesicht war, seine

Fäuste ballten sich, gegen den Drang sich zu verwandeln und zu kämpfen. Sie beobachtete den Mann und dachte, dass er recht vertraut aussah. Dann wiederum, hatte sie das heute schon ungefähr vier Mal gedacht. Sie sah weiterhin diesen großen, dunklen und gutaussehenden Typen und dachte, dass er sie an Luke erinnerte.

Luke ist nicht hier. Er ist ein beschissener Fang und natürlich ist er schon vergeben. Hör auf, so pathetisch zu sein, erinnerte sie sich selbst zum fünften Mal.

Der blonde Mann sagte etwas Gemeines und der dunkelhaarige Typ bewegte sich wie mit Lichtgeschwindigkeit. Seine Faust verband sich mit dem Gesicht des Berserkers, Blut wellte sofort hoch. Aubrey zog eine Grimasse und ging weiter, sie überließ es den vielen Fremden, einzugreifen und einen Streit zu verhindern, ehe die Dinge aus der Kontrolle gerieten.

Aubrey machte einen weiten Bogen um das Äußere des Zelts, um das ganze Chaos zu vermeiden. Sie war einfach nur herumgelaufen und hatte sich die Menschen angesehen, dann erinnerte sie sich daran, dass sie auf dem Weg zur Bar gewesen war. Sie stellte sich für ihren nächsten Wodka Cranberry Cocktail an und kam hinter einem betrunkenen Paar zum Stehen, die mehrere Stühle an der Bar besetzen. So wie die Blonde über dem großen Körper des Mannes hing, schien es, dass die Kennlernparty gut für sie funktionierte.

Sie trat direkt hinter die beiden und fühlte sich dumm, als sie dem Barkeeper zuwinkte, und versuchte, seine Aufmerksamkeit zu bekommen.

„Wasser. Viel Wasser", murmelte der Mann an der Bar, als der Barkeeper kam.

Aubrey erstarrte. Diese Stimme … sie kannte diese Stimme. Für eine kurze Sekunde hatte sie Angst, dass sie direkt hinter Lawrence stand. Aber er würde natürlich nicht hier sein. Er hatte eine Partnerin und lebte am anderen Ende des Landes.

Und dann traf es sie, der Grund warum sie diese grummelige Stimme kannte. Sie hatte in ihrer dreckigen Fantasie ein paar Tage zuvor eine Rolle gespielt. Leider anstatt wie in ihren Träumen Schauer über ihre Haut zu schicken, ließ es sie in Person erbleichen.

Es war Luke, von all den Menschen. Er war hier, okay. Und er trug halb ein dünnes, betrunkenes, blondes Mädchen, dessen Hand seinen Schenkel hochfuhr und direkt zu seinem Schwanz wanderte. Etwas Dunkels rührte sich in ihr, ein Aufblinken von Schuld, Scham und Angst gleichzeitig. Wut auch, obwohl sie diese Reaktion nicht verstand.

Luke versteifte sich, er spürte die Löcher, die sie in seinen Rücken brannte. Ehe Aubrey sich noch umdrehen und weglaufen konnte, drehte er sich um und machte direkten, engen Augenkontakt. Sein Ausdruck war für einen Moment erstaunt, ehe er fiel, als wenn er nicht mehr begeistert sein könnte, sie zu sehen.

„Aubrey!", rief er. Sie konnte nicht anders und starrte ihn Sekunden lang an, dieser ganze große, dunkle und gutaussehende Mann war plötzlich nur Zentimeter von ihren Fingerspitzen entfernt. Und in einer vielversprechenden Position mit einer anderen Dame. Aubrey schaute sich die Frau ohne Groll an, sie hoffte einfach, dass die andere Frau klüger wäre, als sie selbst gewesen war. Und viel vorsichtiger.

„Luke", antwortete Aubrey und schaute von der Blondine weg, die sich jetzt in seinen Schoß flüchtete. Ihr Blick wurde einen kurzen Moment zu ihm hingezogen. Aubrey bemerkte, dass sein Haar jetzt länger war, weniger soldatenhaft. Er war auch dünner, aber er war noch genauso gutaussehend, wie beim ersten Mal. Ihn anzusehen ließ ihr Herz sich auf eine Art zusammenziehen, die sie nicht mehr gespürt hatte, seitdem sie vor zwei Jahren vor ihm weggelaufen war.

„Uh … das ist nicht so, wie es aussieht. Ich bin betrunken", sagte er und drückte die Frau wieder in ihren Sitz.

Aubrey war einen Moment überrascht, da Luke eine große Sache daraus gemacht hatte, nichts zu trinken, als sie ihn getroffen hatte. Dann erkannte sie, dass das egal war. Dieses ganze Gespräch war bescheuert und sie wollte am liebsten nur noch weglaufen. Sie hatte die Aufgabe ihrer Eltern erfüllt und jetzt war es Zeit, nach Hause zu gehen. Es gab absolut nichts, was sie hier tun konnte, außer sich das Herz brechen zu lassen.

„Ich verstehe", sagte sie. „Natürlich."

Sie drehte sich um, um zu gehen, aber Luke sprang nach vorne und griff nach ihren Handgelenken. Seine Augen fielen auf ihr Dekolleté, dann zu ihren

Tattoos, die hauptsächlich neu waren, nachdem sie ihn getroffen hatte. Etwas an der Art, wie er sie ansah, ließ ihre Haut kribbeln und sie schauderte.

„Aubrey, warte!", bestand er darauf.

„Ich denke nicht daran", keifte sie und versuchte sich aus seinem Griff zu befreien.

„Ich wusste nicht, dass du hier sein würdest", sagte er.

„Ja, ich auch nicht. Jetzt lass mich gehen", sagte sie. Sie riss sich von ihm los, drehte sich um und rannte beinahe aus dem Zelt.

Ihre Augen brannten vor Tränen, Scham und Wut gleichzeitig. Sie schalt sich innerlich selbst. Luke bedeutete ihr nichts, sie bedeutete ihm nichts. Nur ein Two-Night Stand vor Jahren. Welches Recht hatte sie, sich so zu fühlen?

Ehe sie versuchen konnte zu verstehen warum sie so verletzt und wütend war, war sie bereits in ihrem Mietauto und fuhr aus der Einfahrt der Berans.

„Nein. Nie wieder", versprach sie sich selbst. „Und wage ja nicht zu weinen."

Aubrey beschleunigte und brachte sich selbst so weit weg von Luke, wie es nur ging.

3

Luke Beran lag auf dem Doppelbett in seinem Hotelzimmer mit übernächtigten Augen vom Schlafmangel. Nachdem er unter den unmöglichsten Umständen Aubrey getroffen hatte, wusste er, dass er einen schrecklichen Fehler gemacht hatte.

„Ich bin am Arsch", murmelte er laut. „Das habe ich für immer versaut, das ist sicher."

Und dennoch versuchte Luke die Dinge zu klären. Nachdem Aubrey von der Party geflohen war, hatte Luke den

Entschluss gefasst, sie zu suchen und sich zu entschuldigen. Vielleicht, wenn er sich Mühe gab, würde Aubrey ihm verzeihen. Und wenn er alle Register zog und sie umgarnte, dann würde sie vielleicht in Betracht ziehen, ihm zu vergeben. Sie würde vielleicht in sein Hotelzimmer kommen und seine Welt berühren, so wie sie es das letzte Mal getan hatte.

„Davon träumst du wohl, Arschloch", stöhnte er.

Er verließ sich an diesem Punkt auf sein pures Glück und auf sein rauchendes Gehirn. Wenn er anfangs nicht so neugierig gewesen wäre, was ihm normalerweise jede Menge Schwierigkeiten brachte, hätte er nicht einmal Aubreys vollen Namen gewusst. Als sie dieses Wochenende zusammen in San Diego im Jahr 2012 verbracht hatten, war er schon halb in sie verliebt gewesen und hatte es nicht einmal bemerkt. Was für ein Schlag war das gewesen, als er aus der Dusche kam und geplant hatte, was er sagen würde, um sie zu überzeugen, ihm eine Chance zu geben, wenn er sie bat, auf ihn zu warten, bis er von seinem letzten Einsatz zurückkam.

Wie zum Teufel konnte Luke sie finden und sie nach mehr als einem verlorenen Wochenende bitten, wenn er nicht einmal ihren Nachnamen kannte?

Also hatte er seinen jämmerlichen Hintern durch die Lobby bewegt mit einer Donnerwolke an Ablehnung über seinen Kopf hängend und am Rezeptionstisch angehalten. Während er den Angestellten angestarrt hatte, hatte er erkannt, dass sie Gast im selben Hotel gewesen war. Luke hatte gemobbt, bestochen und gebettelt, bis die Person an der Rezeption ihm die fünf Wörter genannt hatte, die er brauchte: Aubrey Umbridge, San Francisco, Kalifornien.

Danach hatte er eines der eher technologiebegeisterten Mitglieder seiner Einheit dazu bewegt, ihm zu helfen, soziale Medien zu nutzen, um alles über Frau Aubrey Rose Umbridge herauszufinden. Er hatte sie aus der Ferne beobachtet, hatte sogar ein paar ihrer öffentlichen Facebook Fotos auf seinen Laptop gespeichert. Er hatte jede Nacht in seinem Bett gelegen, davon geträumt irgendeinen Urlaub zu bekommen, damit er sie finden und sie fragen konnte, mit ihm auszugehen.

Vielleicht würde er einen weiteren Geschmack von Aubreys Lippen bekommen und ihre großzügigen, blassen Kurven berühren.

Und dann war alles danebengegangen. Nach den ersten Aufständen des Arabischen Frühlings hatte die Armee Lukes Einheit nach Jordanien verlegt, um den Überlauf des syrischen Bürgerkriegs zu bewältigen. Nach einem Jahrzehnt Dienst in Afghanistan und Irak, war der Übergang schwierig. Neue Sprachen, neue Kultur, neue Probleme. Die Hälfte des Personals hatte sich ebenfalls verändert, was hieß, dass er den Kontakt mit einigen seiner engsten und ältesten Freunde verloren hatte.

Gerade als Luke sich eingewöhnt hatte, hatte eine überforderte und mental kranke Person den Verstand verloren und in sein eigenes Camp geschossen, drei von Lukes engsten Freunden und ein Dutzend anderer wurden getötet. Luke war derjenige, der den zwanzigjährigen Soldaten überwältigt hatte, aus purem Glück, weil er im selben Zimmer war und gerade eine Waffe in der Hand hatte.

Für eine lange Zeit danach hatte Luke nicht oft an andere Dinge gedacht, außer zu versuchen den Rest seiner Dienstzeit zu überleben ohne seinen Hintern von jemandem abgeschossen zu bekommen, egal ob Feind oder Freund. Er hatte Aubrey nicht vergessen, bei Weitem nicht, aber er war in eine Art geistige Winterstarre gekommen und hatte sich nur aufs Überleben konzentriert.

Jetzt war er ausgetreten und hatte

die Armee hinter sich gelassen. Er war in die Staaten zurückgekehrt und obwohl Luke wusste, dass er hier viel sicherer war, fühlte er sich nicht besser. Er fühlte sich wie ein Fisch außerhalb des Wassers und es war eine schwere Zeit gewesen.

Dann hatte er Aubrey gesehen. Sie sah genauso aus wie früher, das süße Gesicht und das feurige dunkelrote Haar, diese üppigen Kurven. Sein Körper war hart geworden, während sein Herz in seiner Brust gesprungen war und für einen Moment hatte er wirklich … Hoffnung gefühlt. Zum ersten Mal, seitdem er nach Hause gekommen war …Himmel, seitdem er dieses Kind in Jordanien erschossen hatte, hatte er wirklich zum ersten Mal gedacht, dass sich die Dinge für ihn ändern würden.

Aubrey hatte einen Blick auf seinen betrunkenen Hintern geworfen und auf das Mädchen in seinem Schoß, die bereits versprochen hatte, später seinen

Schwanz zu blasen, hatte sich umgedreht und war weggelaufen. Luke konnte ihr keine Vorwürfe machen, nicht ein bisschen. Das hieß nicht, dass er sie gehen ließ, nicht wirklich.

Luke erwachte aus seinen Erinnerungen, als ein Autoalarm irgendwo anging, draußen vor seinem Hotelzimmer im zweiten Stock. Sein ganzer Körper spannte sich an und er brach in einen feinen Schimmer an Schweiß an seinem ganzen Körper aus. Er lag ein paar Minuten still, konzentrierte sich darauf tief zu atmen, obwohl er eigentlich nur weglaufen wollte. Autoalarme waren ein großes Signal von kommender Gewalt in Jordanien und ihr Klang ließ immer noch sein Blut gefrieren, und machte ihn ganz zappelig.

Eines der Dinge, die er in seinem Leben nach der Armee am schwersten fand, war die Aufgabe, ruhig zu sein; beim Dienst gab es immer etwas zu tun. Wenn du nicht für die Nacht im Dienst warst, gab es eine lange Liste mit dummen Dingen, die getan werden mussten. Er war gerne viel beschäftigt, weil ein bewegendes Ziel sicherer ist, als eine sitzende Ente. Hier jedoch gab es überall Wartezimmer, Sitzbereiche, lange Schlangen und Menschen mit unendlicher Geduld, die alle herumstanden. Einfach dastanden und ihren Starbucks tranken und darauf warteten, dass etwas passierte.

Luke hasste es.

Er ließ den Atem aus, den er angehalten hatte und sagte sich selbst, dass er schlafen musste. Wirklich schlafen, nicht nur in seinem dunklen Hotelzimmer liegen mit all dieser Kleidung an in seinem Fall … Er schob den Gedanken weg, ehe er ihn noch verrückt machte. Nichts würde passieren, er war einfach nur erschöpft.

Die letzten Tage waren ein Wirbelwind an langen Autofahrten, Flügen, warten an Flughäfen und vielen kurzen Gesprächen mit seinem alten Einheitskommandant Stephen Collinswood gewesen. Stephen hatte sich zur Ruhe gesetzt, ehe die Einheit nach Jordanien gerufen wurde und jetzt lebte er mit seiner Frau und seinen zwei Kindern in Seattle. Stephen war einer der wenigen Freunde, die Luke hatte, der sowohl noch am Leben als auch noch nicht angeworben worden war. Er war auch ein Wolfsverwandler, was hieß, dass er einige von Lukes merkwürdigen bürgerlichen Lebensthemen verstand. Daher war Stephen Lukes Vertrauter.

Stephen arbeitete auch für die Polizei von Seattle und das hieß, als Luke entschieden hatte Aubrey zu suchen, dass Stephen Lukes erste Anlaufstelle gewesen war.

Stephen hatte Mitleid mit ihm und hatte ihre Alpha Informationen preisgegeben, dennoch hatte er sich geweigert, irgendwas Persönliches wie ihre Adresse herauszugeben.

Am Tag zuvor war Luke mit gemischten Ergebnissen zu ihrem Alpha Haus gefahren. James Erikson war nicht der freundlichste Berserker auf dem Planeten. Tatsächlich erinnerte er Luke an seinen eigenen Vater. Luke hatte seine Versuche Aubrey zu finden erklärt und versprochen, dass er die besten Absichten hatte, er hatte sogar den Namen seines Vaters und Stephens Namen und Telefonnummer als Referenz angegeben. Erikson war so verschlossen und skeptisch, obwohl er anscheinend dem ganzen Thema der Partnersuche zustimmte.

Gerade als Luke dabei war, die Sache zu beenden und etwas anderes zu versuchen, hatte Erikson gesagt, dass er dachte, dass Aubrey in einem „Obdachlosenheim irgendwas mit Frauenrechten" arbeitete.

Zumindest gab Luke das einen Ort zum Anfangen. Er stieg aus dem Bett und zog seine Schuhe aus, dann streifte er seine Boxershorts herunter. Eines der erstaunlichsten Dinge in Bezug auf die Staaten war die Fähigkeit, hauptsächlich nackt zu schlafen, und er versuchte es auszunutzen. Na ja an den Nächten, an den er sich beruhigt genug fühlte, um nackt zu schlafen, ...

Er machte das Licht auf seinem Nachttisch aus und legte sich auf seinen Rücken und starrte die Wand an. Seine Gedanken gingen zurück zu Aubrey. Sie sah so heiß aus an dem Abend, so gut zurecht gemacht. Sie war sehr unschuldig gekleidet gewesen und verdammt, er hatte sich gefragt, was sie darunter trug. Als er sie in San Diego ausgezogen hatte, hatte sie einen sexy roten BH und ein schwarzes Spitzenhöschen getragen.

Er wälzte sich auf dem Bett, seine Hand wanderte nach unten und blieb auf seiner harten Erektion liegen. Luke schloss seine Augen und erinnerte sich daran, wie sie gezittert hatte, als er ihr das Kleid ausgezogen hatte, mehr von der Aufregung als von der kühlen Luft an ihrer Haut. Und ihre Haut ....

Aubrey war wunderbar, makellose Pfirsichhaut vom Kopf bis zu den feuerrot angemalten Zehennägeln. Luke mochte Frauen in jeder Form und Größe, aber er mochte besonders Frauen mit Kurven wie Aubreys. Einige Männer redeten Mist über dickere Mädchen, aber Luke mochte einen netten, dicken Hintern und große Titten, er mochte eine Frau, die er ausstrecken und hart ficken konnte.

Wenn er darüber nachdachte, stellte er sie sich nackt und bereit für ihn vor, Luke schob seine Boxershorts die Hüften herunter und nahm seinen Schwanz in seine Hände. Er war so geil, dass ein einziger Druck mit seiner Faust ihn schon die Luft tief einsaugen ließ, sein Schwanz zuckte unter seinen Fingern. Er würde sich ein wenig selbst zügeln müssen, wenn er wollte, dass es mehr als eine halbe Minute dauerte. Er dachte an das Mädchen … Sie war so perfekt gewesen, und hatte ihn verrückt gemacht.

Mit Aubrey hatte er nicht den kleinsten Drang gefühlt, sich zurückzuhalten. Als er sie ausgezogen hatte, hatte er ihre Schenkel gegen seinen Körper gedrückt und sie hart geküsst, sie geschmeckt. Sie war so gefühlvoll, reagierte auf jede Berührung mit seiner Zunge an ihrer, jede Bewegung seiner Hände über ihre Hüften und Seiten. Aber sie hatte so gut gegeben, wie sie bekommen hatte, hatte mit ihren Fingernägeln über seinen Rücken und Schultern gekratzt, an seiner Unterlippe geknabbert, in seinen Mund gestöhnt, als er seine Hände nach unten und seine Finger über ihre Hose gleiten lassen hatte.

Als Luke darüber nachdachte, wie es war ihre heiße, nasse Spalte zum ersten Mal zu berühren, stöhnte er. Er hatte sie mit den Rücken auf das Bett gelegt und sie ausgezogen, diese großen Titten in seine Hand genommen, gebissen, geleckt und an ihren blütenrosa Nippeln gesaugt, bis sie ihre Hüften wiegte und nach Atem keuchte. Dann hatte er ihre Knie auseinander gedrückt und sie geneckt, ihre Hüftknochen berührt, ihre inneren Schenkel und ihren Hügel. Als er eine einzelne Fingerspitze über ihre rosa Spalte fahren ließ, war sie so nass für ihn.

Luke drückte seine Faust schneller und härter und fühlte, wie seine Eier sich anspannten.

Er ließ den Moment in seinen Gedanken vorspulen, dachte daran, als er sie auf Händen und Knien hatte, mit gespreizten Beinen und bereit ihn tief aufzunehmen. Er hatte sich in ihren Kanal gebohrt, die enge Hitze hatte ihn wie der schönste Handschuh umfangen. Genauso wie jetzt war er gezwungen sich selbst zu beherrschen, um den Orgasmus zu zügeln, der ihn drohte zu übermannen.

Dann hatte sie begonnen mit ihm zu sprechen, ihn zu ermutigen.

„Fick mich, Luke", hatte sie gekeucht. „Ja, nimm mich genau so, ja da. Oh Gott, ich komme, Luke!"

Und dann hatte sie, sich an seinen

Schwanz festklammernd seinen Namen geschrien …

Luke hatte die Kontrolle verloren, und bäumte sich auf dem Bett auf, als er kam. Er stieß seinen Samen in seine Hand und schrie, als er sich Aubrey vorstellte, die seinen Schwanz nahm, ihn mit ihrem heißen Saft bedeckte und nach mehr bettelte. Dann brach er zusammen, zitterte und kämpfte, um zu atmen.

Es dauerte eine halbe Minute, um aufzustehen und alles abzuwaschen. Er starrte auf das Bett, ehe er sich wieder hineinlegte und erkannte, dass der Gedanke an seine Zeit mit Aubrey ihn für ein paar Minuten weniger einsam fühlen lassen hatte. Jetzt traf es ihn mit voller Gewalt.

Er wickelte sich in die Decke, schloss seine Augen und zwang sich, sich zu entspannen, damit der Schlaf ihn übermannte. Sein letzter Gedanke war, dass er eines Tages vielleicht nicht mehr alleine schlafen würde.

4

Luke fuhr mit seiner schwarzen Mietlimousine an die Bordsteinkante der Mission Avenue, einer ruhigen Downtown Gegend von Sunnyside, Kalifornien. Er überprüfte die Papiere auf dem Nebensitz und vergewisserte sich, dass die Adresse die darauf geschrieben war, korrekt war. Er überprüfte die Zahlen auf jeder Seite der Straße, und entdeckte schon bald ein gedrungenes, schäbiges Backsteingebäude einen halben Block weiter. Es gab nichts draußen, was die Inhalte anzeigte, außer einer kleinen Bronzeplakette, auf der die Adresse stand. Ein weiterer letzter Blick auf das Stück Papier bestätigte, dass das Gebäude tatsächlich das Sunnyside Frauenzentrum war. Aubreys aktuelle Arbeitsstelle.

Hinter der langweiligen Mauer befand sich eine geheime Frauenunterkunft und ein Zentrum für Opfer von Gewalt und häuslicher Gewalt. Nach einigen Schwierigkeiten hatte Luke Aubreys Namen auf der Liste für eine Anzahl von Charity Events gefunden, und zwar nie als Kundin. Die Erkenntnis, dass sie vielleicht für eine Non-Profit Organisation arbeitete, bestärkten Lukes Erinnerungen an Aubrey. Als er mit ihr in San Diego gewesen war, hatte sie erwähnt mehr für ihre Gemeinde tun zu wollen, besonders für Frauen, die in unsicheren Haushalten gefangen waren.

Luke folgte der Spur, fand mehrere Unterkünfte, die die Begünstigten der Galas und Auktionen waren, die Aubrey besucht hatte und verglich Namen von

Wohltätigkeitsorganisationen mit Unterkünften. Luke hatte den Morgen damit verbracht, die Liste der Möglichkeiten einzuengen, dann hatte er angerufen und versucht, eine Verabredung mit Aubrey an allen Orten auf seiner Liste zu bekommen. Frauenunterkünfte hatten eine verrückte strenge Sicherheit, es war also schwer, aber eine der Sekretärinnen hatte einen Fehler gemacht und auf Aubreys Namen reagiert.

Jetzt stand er vor dem Sunnyside Frauenzentrum und hoffte, er würde keinen Fehler machen. Ehe er den Schwanz einzog, trat Luke auf die stahlverstärkte Sicherheitstür zu. Als er an dem Griff zog, stellte sich heraus, dass die Tür fest verschlossen war, er drückte eine unmarkierte Klingel und schaute direkt in ein Paar Sicherheitskameras, die sich in seine Richtung schwenkten. Er trat zurück und hielt sein Gesicht nach oben gerichtet und versuchte nicht bedrohlich auszusehen. Es war schwer, harmlos auszusehen, wenn man über 1,90m groß war mit dunklem Haar und einem Vollbart. Bärverwandler kamen nicht in kleineren Größen vor, noch liefen sie im Allgemeinen mit einem blendenden Grinsen herum.

Er musste an der Inspektion vorbeigekommen sein, denn nach einem Moment summte die Tür und die Schlösser gingen auf. Er zog die Tür auf und betrat den weiß gekachelten Raum, wo zwei weitere Sicherheitstüren einen Rezeptionstisch hinter Panzerglas umrahmten. Er trat auf das Glas zu, lehnte sich herunter, um auf das junge blonde Mädchen zu starren, die ihn ebenfalls anstarrte. Sie streckte die Hand aus und drückte auf den Knopf, ehe sie sprach.

„Kann ich Ihnen helfen?", fragte sie mit dünner Stimme.

Er lehnte sich in Richtung des Sprechers auf seiner Seite und drückte auf den Knopf.

„Hm, ja. Ich habe angerufen wegen

eines Termins mit Aubrey Umbridge", sagte er.

Das Mädchen warf ihm einen Blick zu, dann schüttelte sie den Kopf.

„Es tut mir leid, ich wüsste nicht, dass ich Ihnen helfen könnte."

„Könnten Sie Aubrey bitten zu kommen? Sie wird mich sehen wollen", sagte Luke. Er versuchte, glatt und ausdrucksvoll auszusehen und hoffte, das Mädchen nicht zu erschrecken und Alarm auszulösen. Er war nicht hier, um zu verletzten oder jemanden zu erschrecken, aber er war auch nicht wirklich mit Aubreys Zustimmung hier.

Das Mädchen drückte wieder den Knopf für die Gegensprechanlage.

„Es tut mir leid, ich kann Ihnen nicht helfen. Ich muss sie bitten zu gehen", sagte sie.

„Ma'am, ich verspreche Ihnen, dass Aubrey mich kennt. Ich bin nur hier, um sie zu sehen. Wir, na ja, wir sind Freunde", sagte er und warf ihr einen

Blick zu, der eine sehr persönliche Situation andeutete.

„Ich kann nicht –" das Mädchen wollte sich wiederholen, aber dann öffnete sich die Tür des Büros und Aubrey kam herein. Die junge Blondine drehte sich um, ihre Augen wurden so groß wie Essteller. Aubreys Mund öffnete sich, vielleicht für eine Art Gruß, aber es dauerte nur Sekunden, bis Aubreys Blick hochschnellte.

Die Art, wie ihre Augen sich verengten und ihr Mund dünner wurde, ließ Luke glauben, sie war noch weniger erfreut ihn zu sehen, als er angenommen hatte. Aubrey schaute auf die jüngere Frau zurück und gab ihr ein versicherndes Lächeln und einen Schlag auf die Schulter. Die Blondine stand auf und warf Luke einen letzten merkwürdigen Blick zu, ehe sie das Büro verließ.

Aubrey ging zum Fenster und lehnte sich an die Gegensprechanlage, der dunkle, rote Vorhang ihres Haares wirbelte um ihre kurvige Gestalt, als sie danach griff und den Knopf mit einem einzigen, scharlachroten Fingernagel antippte.

„Was machst du hier?", fragte sie und ihre smaragdgrünen Augen glühten vor Emotionen.

Luke trat nach vorne, seine Lippen zogen sich nach oben bei der reinen Nähe von ihr. Er drückte den Knopf der Gegensprechanlage und lehnte sich herunter.

„Ich bin hier, um dich zu sehen", sagte er.

Sie schaute finster drein und lehnte sich nach vorne, ihr kurzes, schwarzes Baumwollkleid gab ihm einen kurzen Blick auf das cremige, freigiebige Dekolleté. Luke schaute ihr direkt in die Augen und gab ein leichtes Knurren von sich, wissend, dass sie seine Körpersprache lesen würde, selbst wenn sie seine Stimme nicht hören konnte. Er sah ihre Anspannung und wie sie einen Schauder unterdrückte und sein Bär grummelte vor Lust. Sie reagierte immer noch körperlich auf ihn, immerhin.

„Ich weiß nicht, wie du sogar … Gott, wie zum Teufel hast du herausgefunden, wo ich hier arbeite?", forderte sie ihn heraus.

„Ich kenne Menschen", sagte Luke mit einem Achselzucken.

Aubrey bedeckte kurz ihre Augen mit einer Hand, sie schien mit etwas zu kämpfen. Neugier, vielleicht. Wut. Hunger, wenn Luke Glück hatte. Nach einem Moment schaute sie ihn an und lehnte sich wieder herüber und drückte den Knopf, damit er sie hören konnte.

„Schau, ich weiß nicht, was du hier tust. Ich weiß nicht, was du willst, und es ist mir auch egal. Du musst gehen. Das ist …" Aubrey machte eine Pause und winkte mit einer Hand, um auf das Gebäude zu weisen. „Das ist nicht die Art von Ort, wo Männer auftauchen können und versuchen Frauen hinterherzustellen. Es ist eher das Gegenteil davon."

Luke zuckte zusammen und nickte, er hatte ihre Reaktion geahnt.

„Ich weiß. Ich dachte, es wäre besser, hierherzukommen, als zu deinem Haus."

Aubreys Mund verzog sich in eine unzufriedene Grimasse.

„Ah, hm. Das ist nicht schön. Was genau brauchst du? Weil, du hast genau eine Minute, ehe ich jemanden rufe, der dich rausbringt", keifte sie.

„Ich will, dass du mit mir auf ein Date gehst", sagte er und machte es kurz.

Aubreys Mund öffnete sich, dann schloss er sich wieder. Ihre Überraschung war niedlich und ließ Luke grinsen. „Du …", begann sie und hielt dann inne. „Du hast mich auf meiner Arbeitsstelle gefunden, in der Unterkunft für Frauen muss ich hinzufügen … Du hast all das gemacht, um mich zu fragen, ob ich mit dir ausgehe?"

„Ja", stimmte Luke zu und sein Grinsen wurde breiter. Er schaute ihren

Körper an, bemerkte wie ihre Atemzüge schneller kamen, wie die Haut um ihren Nacken und Brust rot wurde, wie sie die Nägel einer Hand in einen unschuldigen Stenoblock auf dem Tisch drückte. Sie reagierte wirklich so wunderbar auf ihn, genauso wie sie würde, wenn sie endlich f—

„Du musst gehen", sagte Aubrey und knallte einen Stapel Papiere auf ihren metallenen Schreibtisch, dass Luke zusammenzuckte. Als er zu ihr hochsah, schien sie bekümmert und verwirrt. Nicht genau die Leidenschaft, die er wollte, aber …

„Ich lasse meine Karte hier, du kannst mich also jederzeit erreichen, wenn du willst", sagte er und legte sie auf die Theke.

Als sie mit ihrer Hand auf das Glasfenster schlug, war ihr Frust spürbar. Luke hob seine Hand in ergebender Pose und trat zurück. Er warf Aubrey einen letzten, langen Blick zu und bewunderte die Schwere ihrer Brust und die Art, wie sie unter seiner Inspektion rot wurde, ehe er sich umdrehte und sich durch die Sicherheitstür drängte.

Sobald er wieder auf der Straße war, zwinkerte er in der hellen Nachmittagssonne und Luke grinste wieder.

„Das hätte schlimmer laufen können", sagte er und nickte sich selbst zu.

Immerhin, dachte er, während er wieder zu seinem Mietauto lief, hatte Aubrey auf ihn reagiert. Sie hatte auf jeden Fall irgendwelche Gefühle ihm gegenüber, ansonsten wäre sie nicht so überdreht bei seinem Anblick gewesen. Er schob die leise Stimme in seinem Hinterkopf beiseite, diejenige, die sagte, dass er nicht der erste Mann war, der das Sunnyside Frauenzentrum betrat und nach einer Frau suchte, mit dieser Art von Gedanken.

Aber anders als diese Psycho Loser Ex-Ehemänner sorgte Luke sich um Aubrey. Er hatte sie vorher noch nie verletzt und das würde er auch niemals tun. Er war kein Wissenschaftler, aber er erkannte eine gute Sache, wenn er eine sah. Und Aubrey …

Verdammt, aber Aubrey war wunderbar.

Pfeifend fuhr er seinen Wagen aus der Parklücke und fuhr zurück ins Hotel.

Er musste noch weitere Dinge planen, so wie es aussah.

5

Dienstag

Aubrey stieg aus ihrem VW Golf und trat auf den Parkplatz von ThanksALatte, ihrem Lieblingskaffeeladen. Das frühe Morgenlicht filterte sich durch die Wolken und versprach weitere vierundzwanzig Stunden tolles Wetter. Normalerweise war das Aubreys Lieblingszeit des Tages, früh genug, um in Ruhe zu entspannen und ruhig genug, um ein wenig über sich selbst zu reflektieren, wenn man einen anstrengenden Tag vor sich hatte.

Na ja nicht heute. Sie war den ganzen Nachmittag gestern von Lukes Besuch verwirrt gewesen, und sie hatte sich die halbe Nacht im Bett herumgewälzt. Jetzt war sie ein launenhaftes, erschöpftes, heißes Durcheinander. Aubrey riss die Tür des Coffeeshops auf und zuckte zusammen, als diese gegen die Wand knallte und trampelte dann zur Theke.

„Tall skinny Chai, heiß", murmelte sie dem jungen Mann zu, der an der Theke arbeitete.

„Bist du nicht Aubrey?", fragte er und lächelte breit.

„Äh ... ja ...", sagte sie und schaute ihn stirnrunzelnd an.

„Cool! Für dein Getränk wurde bereits bezahlt. Alle deine Getränke für diese Woche, um genau zu sein. Und was immer du sonst noch willst", sagte ihr der Jugendliche.

„Stimmt das?", fragte sie und verschränkte ihre Arme.

„Ja. Irgend so ein großer Typ kam

hier heute Morgen rein und hat darum gebeten, es alles auf seine Karte laufen zu lassen", antwortete der Kassierer.

Aubrey schnaubte und ignorierte den verwirrten Blick des Mannes.

„Gut. Dann gib mir zehn Kaffee und fünf Lattes. Zusammen mit meinem Chai", sagte sie. „Und Sie können dieselbe Bestellung jeden Tag dieser Woche zur gleichen Zeit erwarten, bis Luke etwas anderes sagt."

„Ähm, okay. Kommt sofort", sagte der Kassierer und rief ihre Bestellung dem Barista zu.

„Toll. Mein Büro wird das lieben", sagte Aubrey zu ihm.

Damit ließ sie einen fünf Dollarschein auf der Theke als Trinkgeld liegen und ging kopfschüttelnd hinüber zum anderen Ende der Theke, um auf die Bestellung zu warten.

6

Mittwoch

Aubrey fuhr in die Parklücke ihres Wohngebäudes und war immer noch hellwach von den vier Kaffees, die sie den Tag über getrunken hatte. Sie war aus dem Auto gehüpft und hatte versucht nicht ihre Tür zu verpassen, war aber zum Halt gekommen, als sie einen langen weißen Karton entdeckte, der an ihrer Tür lehnte. Er war mit einer samtig scharlachroten Schleife eingewickelt, mit einer Karte, die oben drauf lag. Sie lehnte sich herunter und nahm ihn hoch und ging in ihre Wohnung. Nachdem sie ihre Schlüssel fallengelassen und ihr Portemonnaie auf den Küchentisch gelegt hatte, konnte sie nicht widerstehen, und öffnete den Karton.

Das meiste des Kartons war mit einem wunderbaren Bouquet aus blutroten Rosen und reinem weißen Schleierkraut gefüllt. Alles in einem hauchdünnen Stück Stoff. Aubrey biss sich auf die Lippen, und widerstand jeglicher Reaktion. Sie hatte noch nie zuvor Blumen bekommen, natürlich war sie ein wenig aufgeregt. Es hatte nichts mit Luke zu tun, sie war nur einfach im Allgemeinen glücklich.

Sie schaute in den Karton und nahm eine DVD und ein weißes Stück Papier mit einer Notiz vorne heraus. Die Notiz sagte:

Ich glaube, ich erinnere mich daran, dass du

gesagt hast, du magst romantische Komödien. Dieser Film ist sehr empfohlen von meiner Mutter. Bitte genieße ihn mit vielen Grüßen von mir und sei nicht überrascht, wenn es klingelt. Du verdienst eine entspannte Nacht. Vergiss nicht, die Blumen ins Wasser zu stellen.
-Luke

AUBREY ZÖGERTE bei der Nachricht und schaute auf die DVD Hülle.

„A League of their Own", las sie laut. Sie zuckte die Schultern. Sie hatte noch nie davon gehört. Als die Türklingel ein paar Sekunden später ging, erschrak sie. Sie lief zur Tür, zog sie auf und erwartete Luke auf der Treppe zu finden.

„Hi", sagte ein junger Mann und hielt ein paar Takeaway Kisten hoch.

„Äh ... hi?", sagte Aubrey.

„Ja, Aubrey? Ich habe eine Lieferung für dich", sagte er. „Du musst nichts unterschreiben oder so."

„Lass mich raten. Ein großer, dunkelhaariger Mann hat das bestellt?", fragte sie.

„Ich weiß es nicht. Ich liefer nur aus", sagte der Mann mit einem Achselzucken.

„Okay, Klar. Lass mich mein Portemonnaie holen", seufzte sie.

„Nah, das ist schon bezahlt", sagte der Mann und hielt ihr die Kisten hin, bis sie sie nahm. „Gute Nacht, Ma'am."

Als sie die Tür zu machte, bemerkte Aubrey ein unglaubliches Aroma das aus den Kisten aufstieg. Sie setzte sich an den Kaffeetisch im Wohnzimmer und öffnete sie und fand eine großes, noch heißes Steak, dampfende Kartoffeln, einen knusprig grünen Salat und ein Stück Schokoladen-Käsekuchen. Ehe sie sich noch entscheiden konnte, wie sie sich bei dem ganzen fühlte, machte ihr Magen ein lautes Geräusch und Aubrey konnte nicht anders, als zu lachen.

„Okay", sagte sie zu sich selbst. Sie

griff nach ihrem Silbergeschirr, einem Glas Merlot und zur DVD, die Luke geschickt hatte. Sie machte es sich gemütlich und erinnerte sich selbst daran, dass sie die Vorteile seines Werbens genießen konnte, ohne sich hineinziehen zu lassen.

„Kein Problem", murmelte sie und nahm einen Bissen Steak, als der Film begann.

7

Donnerstag

Aubrey trank ihren zweiten Chai des Tages, sie hatte den echten Kaffee aufgegeben nach einer weiteren Nacht des Hin- und Herwälzens. Ihre Gedanken wanderten, während sie sich seufzend durch ein wenig Papierarbeit wühlte. Sie musste noch viele Zahlen zu diesem Monat hinzufügen und wie immer hatte sie keine Ahnung, wie sie das tun sollte. In der Unterkunft schliefen zehn Familien oder bis zu fünfunddreißig Menschen gleichzeitig und die meisten kamen ohne einen Penny oder sogar genug Kleidung für eine Woche an. Obwohl das Sunnyside Frauenzentrum ein großes Netzwerk an Lebensmittelvorräten, Kleidungspendenzentren und andere Sponsoren hatte, gab es nie genug, um alle zu bedienen. Die Dinge zusammenzuhalten war eine von Aubreys vielen Aufgaben und diesen Monat kam sie zu kurz.

Sie musste sich wirklich konzentrieren. Luke war eine große Ablenkung und sie war die ganze Woche nicht sie selbst gewesen.

„Klopf, klopf!"

Aubrey schaute hoch und lächelte, als sie ihre beste Freundin und Langzeitmitarbeiterin Valerie in der Tür stehen sah, die ihr einen abschätzenden Blick zuwarf.

„Hi, du. Was ist los?", fragte Aubrey.

„Ich könnte dich dasselbe fragen", sagte Valerie und schüttelte ihren Kopf. „Gibt es irgendwelche Neuigkeiten, die du mit deiner besten Freundin teilen willst?"

„Ähhh … nein?", sagte Aubrey mit einem Schulterzucken.

„Okay. Na ja, dann kommst du besser und siehst es dir an", sagte Valerie und drehte sich um und winkte ihr zu folgen. Valerie führte sie aus dem Büro und durch die Schlafsäle und Familienzimmer in den hinteren Bereich der Unterkunft, der die Küche und die Wartungsbereiche enthielt.

Aubrey folgte verwirrt. Als Valerie sie zu dem kleinen Wäscheraum führte, seufzte Aubrey.

„Leckt schon wieder einer der Maschinen? Ich kann das diese Woche nicht reparieren, das weißt du doch", sagte sie zu Valerie.

„Nah, deswegen sind wir nicht hier", sagte Valerie, suchte nach dem Schalter und machte das Licht an.

Aubreys Kinnlade fiel herunter, als sie hineinging. Die drei alten kaum noch funktionierenden Waschmaschinen und Trockner aus den Achtzigern waren weg. An ihrer Stelle gab es sechs gestapelte Waschmaschinen und Trockner, die alle makellos weiß glänzten.

„Waaa…", staunte Aubrey.

„Ja. Diese Dinger sind so toll und neu, sie werden sogar unsere monatliche Stromrechnung reduzieren", sagte Valerie und warf Aubrey einen weiteren abschätzenden Blick zu.

„Hast du jetzt etwas, was du mir sagen willst?"

„Nein – ich, Valerie wo kommt das denn her?", fragte Aubrey und warf die Hände hoch.

„Dein neuer Freund hat sie vor ein paar Minuten geliefert und dann ist er gegangen."

„Mein neuer Freund", wiederholte Aubrey verwirrt.

„Ja, dieser superheiße Typ, der hier immer rumhängt und nach dir fragt …", sagte Valerie.

„Oh, mein Gott", sagte Aubrey und

drückte eine Hand auf ihre Brust. „Das hat er nicht getan. Wie konnte er wissen, dass wir die brauchen?"

„Er hat den anderen Tag über die Unterkunft gefragt und ich habe vielleicht erwähnt, dass wir neue Maschinen brauchen. Ich habe nur darauf geachtet, keine Infos über dich zu sagen", sagte Valerie schulterzuckend.

„Oh mein Gott", wiederholte Aubrey und drehte sich zu den Maschinen. „Diese müssen ihn ein Vermögen gekostet haben!"

„Ja, sieht aus, als wenn dein Mann ein Volltreffer ist", sagte Valerie und ihre Verwirrung wurde immer größer.

„Er ist mein gar nichts. Er ist, er will mich überreden, mit ihm auszugehen", erklärte Aubrey.

„Und das machst du nicht, weil …?", fragte Valerie.

„Es ist kompliziert. Er ist vielleicht … er stalkt mich irgendwie", sagte Aubrey.

„Okay. Und das wolltest du mir

nicht sagen?", fragte Valerie und verschränkte ihre Arme und presste ihre Lippen zusammen. Sie sah besorgt aus, weswegen Aubrey sich ein wenig schämte. Luke wurde vielleicht ein wenig zu aufdringlich, aber er würde ihr nie wehtun. Aubrey konnte Val nicht so schlecht über den Mann denken lassen, selbst wenn sie nicht wollte, dass er hier herumhing.

„Es ist ... es ist nichts. Er ist nicht gefährlich oder so. Nur", Aubrey hielt inne und schaute sich um und schüttelte ihren Kopf. „Er ist so merkwürdig entschlossen. Er hat mir Blumen geschickt, hat die Kaffees gekauft, die ich die ganze Woche mitgebracht habe, er ist hierhergekommen und hat versucht mit mir zu reden. So was in der Art."

„Du hörst dich nicht gerade wie jemand an, der Angst um sein Leben hat", sagte Valerie und ihr Ausdruck wurde weicher.

„Luke ist nicht so", sagte Aubrey.

„Luke, hm? Warum gehst du nicht

mit diesem Luke aus, dem superheißen Typ, der Geräte für die Frauenunterkunft kauft und nette Dinge für dich tut? Weil …?", sagte Valerie. „Oh okay. Es ist kompliziert."

Valerie schnalzte und schüttelte ihren Kopf.

„Ja", stimmte Aubrey zu und ihre Stimme hörte sich in ihren eigenen Ohren schwach an.

„Okay. Ich bin fertig für heute und morgen habe ich frei und Samstag auch. Es bleibt bei morgen Abend?", fragte Valerie.

„Ja. Ja, natürlich", sagte Aubrey. „Das würde ich nicht vergessen."

Valerie warf ihr einen letzten Blick zu, ehe sie Aubrey zurückließ, um das große Geschenk zu bewundern, das Luke der Unterkunft gemacht hatte. Nach einem Moment ging Aubrey wieder ins Büro und nahm ihr Handy. Sie zog Lukes Karte aus ihrem Portemonnaie, wählte die Nummer in ihr Handy und schrieb eine SMS.

Netter Versuch. Du kannst mich nicht kaufen, Mann. Du solltest aufgeben.

Aubrey warf das Handy seufzend zurück auf ihren Tisch und schüttelte den Kopf. Dieses Mal war sie sich nicht sicher, ob sie von Luke oder von sich selbst enttäuscht war.

8

Freitag

Aubrey trank die letzten Tropfen ihres Fruchtcocktails durch ihren Strohhalm, sie kippte das Glas, um die Art zu bewundern, wie das Neonlicht der Bar sich über der weichen Oberfläche spiegelte. Oben auf der Bühne sang einer ihrer Mitarbeiter Karaoke, eine traurige Patsy Cline Nummer. Normalerweise hätte Aubrey dieses Lied geliebt, aber im Moment war sie einfach ein wenig betrunken und … na ja okay. Sie fühlte sich ein wenig einsam mit sich selbst.

„Mädchen, reiß dich mal zusammen", sagte Valerie, lehnte sich herüber und drückte Aubreys Arm. „Ein Mann, den du nicht einmal anrufen willst, hat dir einen Tag nicht seine Aufmerksamkeit gegeben und jetzt bist du deprimiert?"

„Nein, nein mir gehts gut", versicherte Aubrey ihrer Freundin. „Wirklich. Ich glaube, ich hatte einfach eine lange Woche und nicht genug Schlaf. Vielleicht hilft ein weiterer dieser Drinks."

„Hol mir auch einen, wenn du zur Bar gehst, ja?", fragte Valerie.

„Klar", antwortete Aubrey und stand auf und ging zur Bar.

Sobald sie die Getränke hatte, drehte sie sich um und schob sich zurück zum Tisch, als großes Gelächter von ihren Freunden erklang. Sie schubste sich zurück zu ihrem leeren Sitz und ließ beinahe die Getränke vor

Überraschung fallen.

Gegenüber von ihrem Platz saß Luke, gekleidet in dunklen Jeans und einem leicht grauen T-Shirt, dass seine Muskeln umrahmte. Er grinste über etwas, das Valerie sagte, dann kicherte er, während er ein High Five von Nancy akzeptierte. Shawna lehnte sich nahe zu ihm und Aubreys Braue schoss hoch, als sie bemerkte, dass Shawna tatsächlich an Lukes Schulter schnüffelte.

„Was zum Teufel?", fragte Aubrey und stellte die Getränke ab und verschränkte ihre Arme.

Alle schauten sie an, aber sie hatte bereits den großen Fehler begangen, Luke in die Augen zu sehen. Diese stürmischen, seegrünen Augen bohrten sich in ihre, der gelbe Rand seiner Iris flackerte sichtbar, als sein Blick zu ihrem Mund ging. Aubrey zitterte, obwohl ihr überhaupt nicht kalt war.

„Aubrey, das ist der Mann, der für die Unterkunft die neuen Waschmaschinen gekauft hat!", krächzte Nancy und gab Lukes Arm einen spielerischen Schlag. „Er kennt Valerie."

"Wirklich?", fragte Aubrey und forderte ihn heraus.

„Ohh, sicherlich. Ich meine, wir kennen uns", neckte Luke.

Während Aubrey noch die richtigen Worte suchte, um ihn zu beschämen, endete das letzte Karaokelied und der DJ stand mit dem Mikrofon in der Hand auf.

„Oooookaaaaaay, meine Damen und Herren, Applaus für Samantha. War das nicht toll? Okay. Als Nächstes haben wir Luke! Luke komm her und sing für uns!", rief der Mann.

Luke stand von seinem Barhocker auf und winkte Aubrey zu, ehe er sich umdrehte und zur Bühne ging.

„Ähm, hi", sagte Luke in das Mikrofon. „Ich mache das normalerweise nicht, aber ich würde dieses Lied gerne Aubrey Rose widmen. Aubrey, ich hoffe, das ändert deine Meinung."

Die ersten Töne erklangen und ihr

ganzer Tisch mit ihren Freunden jubelte freudig und stieß Aubrey mit den Ellenbogen an und warf ihr ermutigende Blicke zu.

Aubrey zwinkerte, sie war überrascht davon, was für eine schöne Stimme er hatte. Luke wog sich vor und zurück und sah so unbehaglich wie noch nie aus, aber er sang das ganze Lied ohne auf die Wörter zu schauen. Als er fertig war, applaudierten die meisten Leute in der Bar wild, einige johlten sogar und liefen auf die Bühne, um ihm zu gratulieren.

Luke ging zurück zum Tisch und ignorierte ihre plötzlich stillen Freunde, als er zu ihrem Platz ging und direkt vor ihr stehen blieb. Aubreys Kopf neigte sich zurück, um ihn anzustarren, sie biss sich auf die Lippe, weil sie nicht wusste, was sie sagen sollte. Luke streckte seine Hand aus und nahm eine ihrer Hände in seine, und ließ einen warmen Schauer an Elektrizität über ihre Haut laufen, ihre Haare stellten sich an ihren Armen auf.

„Aubrey", sagte Luke und lehnte sich hinunter, sodass sein Mund nur noch Zentimeter von ihrem entfernt war. Aubrey wand sich, als sie sich plötzlich seiner Anwesenheit bewusst wurde, genauso wie die ihrer lauten, staunenden Freunde, die alle mit unverhüllter Freude zu sahen.

„Aubrey, gehst du auf ein Date mit mir?", fragte Luke und gab ihr ein persönliches Lächeln.

Aubrey leckte sich über ihre Lippen und ließ den Moment verstreichen, ehe sie endlich nickte.

„Okay", sagte sie.

Ein Grinsen ging über Lukes Gesicht und er drückte ihr einen schnellen Kuss auf ihr Handgelenk, das ihre Freunde in ohhhs und aahs ausbrechen ließ.

. . .

„Okay", sagte er. "Ich lasse dich dann in Ruhe."

Er winkte ihr zu und ging ohne ein weiteres Wort und ließ Aubrey in der Mitte einer ganzen Gruppe, aufgeregt quäkender Freunde zurück. Trotz ihrer Aufregung wurde Aubreys Magen flau. Dieser tiefe, traurige Teil in ihr, der zu weit innen drin war, um jemals das Tageslicht zu erblicken, wollte hochkommen. Ihr Geheimnis war dennoch begraben, aber nicht so tief, wie es sein sollte …

9

„Ich weiß nicht, V", seufzte Aubrey und stellte ihre jetzt kalte Teetasse ab. Sie lehnte sich zurück in die Lehne eines überladenen Plüschstuhls in der Frühstücksnische in ihrer Wohnung und warf Valerie einen abschätzenden Blick zu. Auf dem Tisch stellte Valerie ihre eigene Teetasse ab und machte ts ts.

„Hast du einen Grund, warum du diesen Mann nicht vertrauen kannst, Aubrey?", fragte Valerie und zog die Augenbrauen hoch. „Ich habe dich noch nie so zögernd gesehen bei einem einfachen Date."

Aubrey schaute Valerie an, unsicher wie sie das erklären sollte. Ihre beste Freundin war wunderbar und überzeugend, aber auch menschlich. Egal wie eng sie als Freunde waren, Aubrey konnte Valerie nichts über ihr Berserker Erbe erzählen oder über die arrangierten Partner, welche der Alpharat ihnen auferzwang.

„Ich kann es nicht erklären. Ich weiß einfach, dass Zeit mit diesem Typen zu verbringen ein großer Deal ist. Als wenn er nach etwas sehr Ernstem sucht", sagte Aubrey und zuckte die Achseln. Es war nicht der wahre Grund, obwohl er auch ziemlich wahr war. Aber sogar Val wusste nichts über die Konsequenz für Aubrey, nachdem sie Luke das erste Mal getroffen hatte und Aubrey beabsichtigte das so zu lassen.

„Und du bist gewillt, dir dieses große Stück Mann zu verbieten, nur weil du glaubst, dass er der Ehetyp ist? Du musst blind sein oder verrückt. Oder vielleicht beides", neckte Valerie und nahm ihre Tasse und nippte an ihrem Tee.

Aubrey rollte mit ihren Augen und trommelte mit ihren Fingerspitzen auf den Rand des Tisches.

„Mir geht's gut, so wie es ist. Ich habe dich, ich habe die Unterkunft, ich habe ein Leben. Ich brauche nicht mehr. Ich brauche nichts mehr. Ich brauche keinen Mann, der mir sagt, was ich zu tun habe oder wie ich leben soll."

„Mädel, was du brauchst, ist Sex! Und der Mann … er hat heißen Sex überall auf seinem Körper geschrieben, diesem großen starken Körper. Geh auf ein Date, lass dich zum Essen einladen und dann nimm ihn eine Nacht mit nach Hause. Wham, Bam einfach so", riet Valerie und warf Aubrey einen wissenden Blick zu. „Oder vielleicht hast du Angst, dass du nach dieser einen Nacht mehr willst, hm?"

Aubrey spürte die Röte, die sich auf

ihren Wangen bildete, aber sie schüttelte ihren Kopf.

„Nein. Auf keinen Fall. Ich habe einem Date zugestimmt und ich halte mein Versprechen. Also werde ich gehen, aber das wird das Ende sein."

Es klingelte und Aubreys Kopf fuhr hoch.

„Erwartest du jemanden?", fragte Valerie und folgte Aubrey, als sie aufstand und zur Tür ging.

„Nein. Meine Adresse ist privat, genauso wie deine. Unterkunftsregeln."

Aubrey zog den Vorhang neben der Tür beiseite und schaute hinaus.

„Was zum Teufel?", murmelte sie und öffnete die Tür. Ein Fahrradbote stand dort und hielt einen rechteckigen Karton in der Hand, der mit einem goldenen Band verbunden war. Das Paket war riesig 90 cm lang und 60 cm breit.

„Aubrey Umbridge", fragte der Mann und jonglierte mit dem Karton, während er ein Tablet aus seiner Tasche zog. „Können Sie hier bitte unterschreiben?"

„Ähm ... okay", sagte Aubrey und kritzelte ihren Namen auf die unterstrichene Linie.

„Gut. Hier", sagte er und legte den Karton in ihre Arme. Er war zumindest leichter, als er aussah. In der letzten Sekunde drehte er sich um. „Oh ja. Da ist auch eine Karte."

Nachdem er Aubrey die Karte zwischen die Finger gesteckt hatte, sprang er auf sein Fahrrad und fuhr los.

„Eine besondere Lieferung?", fragte Valerie und ihre Neugier war unübersehbar.

„Scheint so", sagte Aubrey und ging wieder hinein und schloss die Tür mit dem Fuß hinter sich. Sie brachte den Karton in die Frühstücksnische, stellte ihn auf den Tisch und schaute auf die Karte.

Abendessen. 19.00 Uhr heute Abend. Tonga

Room 950 Mason St. Du kannst eines von denen anziehen, wenn du willst.
— L

„Also was steht da?", fragte Valerie und riss die Karte praktisch aus Aubreys Hand. „Oohhhhh, L.! Oh mein Gott, öffne den Karton!"

Aubrey atmete tief ein und öffnete den eleganten schwarzen Karton, sorgfältig machte sie das Band los und zog den Deckel ab. Cremefarbenes Papier kam zum Vorschein und gab unter Aubreys Finger zwei atemberaubende Kleider frei. Beides waren bodenlange Kleider und beide waren mehr als schön. Eins war schwarz mit einem herzigen Ausschnitt und zarten Bronzeblumen, die von der Taille abwärts genäht waren. Das andere war blassrosa mit tiefem Ausschnitt, Goldkernperlen am Ausschnitt und an der Taille und --

"Schau dir den Schlitz in dem Kleid an!", quietschte Valerie neben ihr selbst vor Freude. „Oh mein Gott, oh mein Gott, Aubrey!"

Valerie warf sich selbst auf Aubrey und umarmte sie erfreut, sodass Aubrey den Karton fast auf den Boden fallen ließ.

„Upps", sagte Valerie und zog sich zurück. „Sorry ich bin einfach nur so aufgeregt. Und eifersüchtig, so so eifersüchtig."

Aubrey nahm das erste Kleid und drehte es in alle Richtungen, um das Schild zu finden. Ihre genaue Größe stand dort, eindeutig.

„Ich …", begann sie, dann hielt sie inne. „Na ja, scheiße."

Aubrey sank in den Stuhl, ließ ihr Gesicht in ihre Hände fallen. So sehr sie es auch versuchte, sie konnte die Tränen, die in ihren Augen brannten nicht aufhalten. Ihr Bär stieg sofort auf, bereit anzugreifen, aber unsicher wegen des Ziels.

„Aub?", fragte Valerie und war sofort bei ihr. „Was ist los, Süße?"

Aubrey schüttelte den Kopf, ihr Magen rebellierte.

„Er kennt meine Kleidergröße", murmelte sie und wischte sich über die Augen.

„Ja, sieht so aus", sagte Valerie.

„Das ist so privat!"

„Oh, Honey, ich glaube nicht, dass er sich um irgendeine blöde Kleidergröße schert. Er ist derjenige, der dich umwirbt, schon vergessen?"

„Ja, weil er das muss", protestierte Aubrey.

„Was meinst du?", fragte Valerie und bückte sich und schaute zu Aubrey hoch.

„Ich kann – ich kann das wirklich nicht erklären", hickste Aubrey. „Luke ist Teil derselben Kultur meiner Eltern und wir werden beide dazu gedrängt, uns mit jemand unserer Art niederzulassen."

„Deine Art? Was, Angelsächsisch?", spottete Valerie.

„Nordisch eigentlich."

„Was?", Valerie warf ihr einen merkwürdigen Blick zu.

„Skandinavisch", korrigierte Aubrey sich selbst. „Hör mal, es ist doch egal. Ich habe Luke schon einmal getroffen vor ein paar Jahren und er war nicht an irgendwas Ernstem interessiert. Jetzt ist es ihm wirklich ernst, aber nicht aus den richtigen Gründen."

„Aubrey", sagte Valerie und griff nach ihrer tränennassen Hand. „Du gehst auf ein Date mit dem Typen und unterschreibst keinen Ehevertrag. Druck hin oder her. Er hat ein echt schönes Restaurant ausgesucht, er hat dir zwei schöne Kleider ausgesucht und alles was du tun musst, ist mit ihm zum Abendessen zu gehen. Es ist so einfach, Mädel."

„Ich weiß nicht, Val …", sagte Aubrey und fühlte sich dumm.

„Ich mache dir einen Vorschlag. Wenn du wegwillst, dann schreib mir eine SMS und ich komme und hol dich.

Ich denke, du solltest gehen. Du warst ewig nicht mehr auf einem Date seit –"

„Okay, okay", sagte Aubrey und hielt eine Hand hoch, um ihre Freundin zu unterbrechen. „Wenn ich dich mitten beim Abendessen anrufe, musst du mich abholen. Versprich mir das."

„Natürlich mache ich das. Jetzt bringen wir die Kleider in dein Zimmer und fangen an, dich umzuziehen. Ich sterbe hier", sagte Val.

„Ja, ja", sagte Aubrey und ließ sich mitziehen, um das Kleid anzuziehen.

10

Um genau 18:59 Uhr stand Aubrey draußen am Fahrstuhl auf dem Terrassenlevel des Fairmonts Hotels, mit dem Herz bis zum Hals klopfend. Sie fand einen Spiegel in der Lobby und ging hinüber, um sich noch einmal anzuschauen. Sie hatte das schwarze und bronzene Kleid gewählt, das eher bescheidenere der beiden. Mit ihrem dunklen roten Haar, das ihr locker in ihren Nacken fiel, dem dunklen Eyeliner und dem rubinroten Lippenstift begann Aubrey, sich selbst unwiderstehlich zu finden.

Der Spiegel zeigte Lukes große Figur, die aus dem Fahrstuhl trat und Aubrey wirbelte herum, um ihn anzusehen. Er trug einen dunklen, makellosen, maßgeschneiderten Anzug, ein blasses, blaues Shirt und eine Weste aus dunkler Seide. Er hatte sein Haar auf die Seite gekämmt und die längeren Strähnen auf eine Art zurückgekämmt, die ihm wunderbar stand.

Das Beste war die Art, wie seine Augen sich erhellten, als er sie bemerkte. Seine Lippen hoben sich an den Ecken, ein Grübchen erschien auf einer Wange und sie bemerkte, wie sich seine Nasenflügel weiteten. Er roch sie, selbst durch den ganzen Raum.

Ihr Fleisch kribbelte vor Gänsehaut, aber Aubrey hielt sich unter Kontrolle. Sie hatten sich noch nicht einmal begrüßt und sie war bereits überstimuliert.

„Luke", sagte sie, als sie vor ihm zum Stehen kam und eine Hand ausstreckte. Er hob eine Augenbraue, aber akzeptierte ihre Hand und drückte sie mit seiner großen warmen Hand. Sein Daumen berührte den Pulsschlag auf ihrem Handgelenk und sie musste daran arbeiten, ihre Hand zurückzuziehen.

„Du siehst …" Er hielt einen Moment inne, seine Augen fuhren ein paar Mal über ihre Figur von Kopf bis Fuß. „Du siehst toll aus, Aubrey. Ich hatte schon ein wenig Angst, dass du das nicht zeigen würdest."

Aubrey lächelte und zuckte mit der Schulter.

„Du warst sehr überzeugend", sagte sie und drehte sich in Richtung Eingang des Restaurants. „Sollen wir reingehen?"

„Sicherlich. Ich hoffe, es gefällt dir hier", sagte Luke und sah ein wenig unbehaglich aus.

„Meine Mutter hat es empfohlen."

„Ich war hier noch nie, aber es hört sich cool an", sagte Aubrey.

Luke griff nach ihrem Ellbogen,

seine Finger fühlten sich warm an ihrer Haut an. Er führte sie über die großen, dunklen Holzböden. Sobald sie eintraten, wusste Aubrey nicht, wo sie hinschauen sollte. Die Mitte des Zimmers war tatsächlich ein Pool, obwohl er leer war. Dunkle Holzkabinen säumten den Pool mit Strohdächern, Lichterketten und Fackeln. Am weiteren Ende des Esszimmers spielte eine Band lebendige Sambamusik.

„Wow! Sehr schön", sagte Aubrey und ein Lächeln erschien auf ihren Lippen zum ersten Mal seit sie im Fairmont angekommen waren.

„Das hat schon was", stimmte Luke zu.

Er winkte der Hostess und schon bald wurden sie in einer der Nischen geleitet.

Die Kellnerin kam und nahm ihre Getränkebestellungen an. Aubrey bestellte einen Hurricane aber Luke blieb bei Mineralwasser.

„Nur Wasser, hm?", fragte sie und

zuckte zusammen, als sie merkte, wie beurteilend sie klang.

„Hm, ja. Ich trinke wirklich nicht, das hat sich nicht verändert. Als du mich bei der Kennlernparty gesehen hast, habe ich nur versucht die Nacht zu überstehen. Es war ein Fehler."

„Deine Mutter hat also diesen Ort empfohlen?", fragte Aubrey und lenkte das Gespräch von der Kennlernparty weg. „Kommt sie aus der Gegend?"

„Nein", sagte Luke und wand sich auf seinem Stuhl.

Aubrey schaute ihn an und zog eine Augenbraue hoch. Als er nicht ausführlicher wurde, entschied sie sich dazu, ihn ein wenig an zu schubsen. Es war ein Date zum Teufel und sie sollten sich unterhalten. Das ganze Ding war seine Idee gewesen und sie würde auf keinen Fall das ganze Gespräch alleine führen.

„Du redest nicht viel, oder?", fragte sie.

Luke wurde ein wenig rot und Aubrey fühlte sich schlecht für ihn.

„Erzähl mir, woher deine Mutter diesen Ort kennt", drängte sie.

Er räusperte sich und schien die Energie aufzubringen, das zu erklären.

„Ich glaube, sie und mein Vater sind viel gereist, als mein Vater bei der Air Force war. Sobald sie ihren dritten Sohn bekommen hatte, hat sie meinen Vater dazu gebracht den Dienst zu verlassen und sich niederzulassen."

„Wow, drei Söhne!", rief Aubrey. „Das ist viel."

Luke kicherte und schüttelte seinen Kopf.

„Eigentlich sechs", erklärte er.

„Ach du Scheiße" sagte Aubrey. Sie wurde rot und ihre Hand ging zu ihrem Mund. „Tut mir leid. Ich fluche viel."

„Ich erinnere mich", sagte er und seine Lippen zuckten wieder an den Ecken. Sein Blick sagte, dass er sich an all die anderen Dinge die ihr Mund tun konnte, ebenfalls erinnerte. Die Hitze die in seinen Augen aufstieg, ließ ihre Wangen von Rosa zu Knallrot werden.

Luke ließ sie eine Sekunde länger warten, ehe er weiterredete.

„Sechs Jungs, ja. Ma sagt, deswegen haben sie Montana als Wohnort gewählt. Damit wir viel Platz zum Streiten haben."

„Montana ... warte, war die Lodge dein zu Hause?", Aubrey war sprachlos.

„Ja, das ist mein Familiensitz. Wir sind der Beran Clan", sagte Luke. Sein Ton hielt ein wenig stolz, etwas was Aubrey noch nie für ihren Clan gefühlt hatte. Sie waren sehr traditionell und nicht besonders feministenfreundlich, also wollte Aubrey nicht so viel Zeit damit verschwenden, sich besonders wegen ihnen zu fühlen. Luke so schien es, hatte eine andere Art von Bund mit seinem Clan.

„Die Lodge ist wirklich wunderschön. Ich glaube, ich habe mich sogar mit deiner Mutter unterhalten, sie hat die Geschichte der Gegend erklärt", sagte Aubrey. Sie nahm einen Schluck von ihrem Getränk und nahm die Menükarte.

„Ma ist wirklich an Geschichte interessiert. Besonders die Geschichte amerikanischer Ureinwohner. Sie glaubt, es hat viel mit der Berserker Geschichte zu tun. Wir wurden von unserem Land vertrieben, wir waren irgendwas Mythologisches, was übertrieben ist, die Hälfte davon für weiße Männer erfunden, um Geschichten zu erzählen …" Luke wedelte mit der Hand und schüttelte seinen Kopf. „Ich erkläre das nicht richtig. Du musst mit ihr darüber sprechen."

Aubrey hob eine Augenbraue bei der Vermutung in seinen Worten. Luke gab ihr dieses halbe Lächeln, aber nahm seine Worte nicht zurück.

„Vielleicht", sagte Aubrey und schüttelte ihren Kopf. Sie versteckte ihr Gesicht in der Menükarte, nur um einen sanften Ruck zu spüren, als Luke sie aus ihren Händen zog. „Es gibt ein Familienending", sagte er und breitete ihr Menü aus und drehte die Seite um. „Es hat ein wenig von allem. Willst du es mit mir teilen?"

„Frühlingsrolle, Schweinerippchen, Sichuan Bohnen, Spanferkel", las Aubrey laut vor. „Das ist viel Essen, Luke."

Für eine schreckliche Sekunde fragte sie sich, ob Luke dachte, sie bräuchte eine große Menge an Essen bei jeder Mahlzeit.

„Du hast mich schon essen sehen Aubrey. Ich laufe zehn Meilen am Tag, fünf oder sechs Tage die Woche. Außerdem bin ich ein Bär. Ich brauche viele Kalorien, nur um zu überleben", neckte er.

Als Luke ihr ein süßes, ehrliches Lächeln gab, schmolz sie ein wenig dahin. Er hatte nicht eine Unze an Charme verloren seit San Diego, das war sicher.

„Ich scheine mich nicht daran zu erinnern, dich aus dem Bett bekommen zu haben, damit du laufen gehst", sagte sie und war von ihrem eigenen flirthaften Ton überrascht.

„Ich bin vielleicht verrückt, aber nicht so dumm, um dein Bett zu verlassen, Aubrey. Außerdem glaube ich, haben wir viel Übung zusammen, oder?"

Aubrey wurde wieder rot und wandte ihren Blick ab. Dennoch konnte sie nicht anders, als zu lächeln. Ihr zwei tätiger Sex-a-thon war wirklich beeindruckend gewesen.

„Also das Familiendinner?", drängte Luke.

„Klar", sagte sie. Als sie zustimmte, knurrte ihr Magen in Vorahnung und Aubrey war erfreut, dass sie nicht auf Salat bestehen musste, wie normalerweise bei ersten Dates. Dann wiederum war das nicht genau ein erstes Date oder?

"Okay", sagte Luke und winkte der Kellnerin um für sie beide zu bestellen.

„Es wird ungefähr dreißig Minuten dauern, wenn das in Ordnung ist?", fragte die Kellnerin.

„Sicherlich. Können Sie ihr noch so

einen Drink bringen?", fragte Luke. Die Kellnerin nickte und eilte davon, um die Bestellung aufzugeben.

Sie saßen eine halbe Minute still da. Luke sah an Aubrey hoch und runter, als ob sie irgendeine Art Preis war, den er unbedingt gewinnen wollte. Und dann ganz plötzlich veränderte er sich.

Ein Mann am Tisch hinter ihnen schoss mit einem Schrei aus der Nische, verlor seine Balance und wischte mehrere Gläser vom Tisch. Das zweite Glas zerbrach. Lukes ganzer Körper spannte sich an. Sein Ausdruck wurde finster und wachsam, sein Mund bildete eine grausame Linie. Er sprang auf und drehte sich zu dem betrunkenen Mann um, seine Brust hob sich und beinahe schmiss er ihren eigenen Tisch dabei um. Wenn Luke in seiner Bärenform gewesen wäre, würden seine Zähne sich jetzt fletschen und sein Fell sich aufstellen. Eine Warnung dafür, dass etwas Gefährliches kam.

„Luke!", sagte Aubrey. Als er nicht

reagierte, stand sie auf und griff nach ihm, berührte seinen Arm leicht mit ihren Fingerspitzen. „Hey Luke, hey. Schau mich an, okay?"

Luke wandte seine Aufmerksamkeit von dem jetzt zitternden betrunkenen Mann weg. Sein Blick ruhte auf Aubrey und sie war überrascht, zu sehen wie dunkel seine Augen geworden waren. Sie hatte das schon einmal gesehen. Oft tatsächlich schon. Ihr Vater war ein Vietnam Veteran und er hatte dieselbe Reaktion, sobald ein Auto eine Fehlzündung hatte.

„Hey", sagte Aubrey wieder. „Hier sind nur du und ich okay?"

Luke schluckte schwer, dann ließ er seine Schultern ein wenig fallen.

„Okay. Tut mir leid. Ich, ähm …" er atmete tief ein und setzte sich hin und schaute peinlich berührt aus.

„Nein, keine Sorge. Du musst dich nicht entschuldigen", sagte sie und nahm ihre Serviette und setzte sich wieder hin. Sie drehte die Serviette in ihren Fingern, sie versuchte an den richtigen Weg zu denken, wie sie ihn über seine Geschichte ausfragen konnte.

„Du warst also in der Armee, ja?", sagte sie.

„Ja", stimmte er zu. Die Ablenkung schien zu funktionieren, denn er entspannte sich langsam und konzentrierte sich auf ihre Worte. „Fast schon ein ganzes Jahrzehnt, weißt du?"

„Ich wette, du hast schon jede Tür dieses Zimmers überprüft, hm? Hast du schon eine Fluchtstrategie?", fragte sie.

Lukes Lippen zogen sich nach oben und er nickte langsam.

„Durch die Hintertür. Sie endet in einem Flur, der auf die Terrasse führt", sagte er.

„Du hast diesen Ort wirklich schon überprüft?", fragte sie.

„Ich war schon vor dir da. Ich war im Badezimmer im Flur und dann bin ich zurück in den ersten Stock gegangen, falls du da wartest."

„Ahh! Dann war ich wohl im anderen Fahrstuhl auf dem Weg nach oben."

„Aneinander vorbei gegangen wie Fremde in der Nacht", neckte sie und zwinkerte mit ihren Wimpern und warf ihm ihr bezauberndes Lächeln zu. Aubrey war zufrieden, dass Luke viel entspannter aussah und auch redewilliger als vorher.

„Woher wusstest du das mit der Fluchtstrategie?", fragte Luke und schaute sie an.

„Mein Vater war im Dienst. Armee, wie du. Er hat in Vietnam gekämpft."

"Springt er auch bei jedem kleinen Geräusch auf?", fragte Luke. Aubrey konnte den Hohn in seiner Stimme nicht überhören.

„Überhaupt nicht. Meine Mutter sagt, als Papa zurückgekommen ist, hat es eine Weile gedauert, bis er wieder ungezwungener wurde. Es gibt nur ein paar Dinge, die ihn jetzt erschrecken und ich glaube, das ist hauptsächlich

Gewohnheit. Er ist ein sturer Mistkerl", sagte sie.

„Die Armee scheint diese in großen Nummern zu produzieren", sagte Luke. Er zögerte einen Moment. „Es tut mir wirklich leid, was eben passiert ist. Ich glaube, ich versuche, mich wieder zu entspannen."

„Es muss dir nicht leidtun. Ich habe gehört, es hilft, wenn man die Geräusche und Gerüche identifizieren kann, die dich beunruhigen. Ist zerbrechendes Glas eins davon für dich?"

Luke ließ seinen Blick auf den Tisch fallen und starrte auf seine zusammengefalteten Hände.

„Ahh ... zerbrochenes Glas, alles was noch entfernt laut und niedrig ist, Flugzeuge, Helikopter, schreiende Männer, eigentlich überhaupt, wenn jemand schreit. Elektronisches piepen, wie Pagers. Sie hören sich an, wie das, was man hört ehe ein IED losgeht."

Er schaute schüchtern hoch.

„Ich könnte noch weitermachen",

gab er zu. „Es hört sich verrückt an, ich weiß. Es wird aber bereits besser. Meine erste Woche war viel schlimmer."

„Wie lange bist du denn schon wieder da?", fragte Aubrey neugierig.

„Erst seit einem Monat."

„Das ist ein langer Urlaub", sagte sie.

„Na ja, nicht wirklich. Ich bin vom Dienst ausgetreten", sagte Luke.

„Oh! Das wusste ich nicht. Ich meine, wie hätte ich das auch wissen sollen, nehme ich an." Aubrey fühlte sich plötzlich nervös. „Tut mir leid. Ich habe im Moment die merkwürdigsten Gefühle, als wenn wir uns kennen, als wenn wir uns seit Jahren kennen, aber das stimmt nicht oder? Wir … wir lernen uns erst jetzt kennen."

Luke nickte.

„Ich weiß, was du meinst. Ich fühle mich, als wenn ich dich schon gut kenne. Vielleicht weil ich so viel Zeit damit verbracht habe, über dich nachzudenken, während ich meine Einsätze gemacht habe."

„Über mich?", fragte Aubrey überrascht.

„Na ja. Ich meine, es ist wirklich einsam dort, also verbringen die Männer viel Zeit damit über Frauen nachzudenken. Aber ich habe auch viel über dich nachgedacht. Wo du bist, was du machst. Warum du gegangen bist, ohne mir deine Nummer zu hinterlassen. Du weißt schon, solche Dinge."

„Ah", sagte Aubrey und biss sich auf die Lippe.

„Außerdem brauchte ich gute Erinnerungen. Das Wochenende, das wir zusammen verbracht haben ... Ich habe noch nie so etwas wie das gehabt."

„Ich auch nicht. Ich wünschte ...", sie brach ab.

„Du wünschst dir was?", fragte Luke.

„Ich wünschte, ich wäre in einer besseren Situation gewesen, als das passiert ist. Ich war so glücklich mit dem Wochenende und dass musst du verstehen. Aber ich war nicht glücklich in meinem Leben damals. Ich war gerade aus einer schwierigen Situation gekommen und musste einfach ein wenig alleine sein."

„Also bist du weggelaufen?", forderte Luke sie heraus, obwohl er seine Stimme sanft klingen ließ.

Aubrey zuckte mit den Schultern und fühlte sich dumm.

„Ja. Ich war wütend und verletzt und du … du bist jemand für langfristig. Du hattest jemanden verdient, der nicht so kaputt war, weißt du?"

Luke streckte seine Hand aus und bedeckte ihre Hand, seine Lippen waren zu einem Stirnrunzeln gepresst.

„Ich hätte mir mehr Mühe geben sollen, dich zu finden, Aubrey. Ich habe die ganze Zeit darüber nachgedacht."

Überraschung flackerte in Aubreys Brust auf.

„Hast du das?"

„Ja, natürlich. Schau dich doch an.

Du bist einfach unglaublich. Wie könnte ich nicht an dich denken?"

Ehe Aubrey antworten konnte, kamen mehrere Kellner mit dampfenden Tellern an Essen. Sie deckten den Tisch mit brodelnden Gusseisenschüsseln und hinterließen eine erstaunliche Auswahl vor Aubreys erstauntem Blick.

„Wow, das sieht super aus!", sagte Luke und seine Aufregung war hörbar. Aubrey lachte fast bei diesem schnellen Wandel von angespannt und emotional auf hungrig und glücklich.

„Okay, dann lass uns reinhauen", sagte sie. Sie reichte ihm einen Teller und tat, wie sie befohlen hatte.

11

Aubrey warf ihren Kopf zurück und lachte, als Luke sie auf der Tanzfläche drehte. Nach dem Tonga Raum hatte Luke sie ein paar Blöcke weiter in einen Jazzclub gelockt. Obwohl sie nicht viel über die Art des Tanzes wusste, war die Tanzfläche voll mit schwankenden Paaren, während Lichter blitzen und Musik unter ihren Füßen pulsierte. Aubrey war niemand, der eine Möglichkeit ausließ, also ließ sie sich von Luke auf die Tanzfläche führen.

Luke übernahm die Führung vom ersten Schritt an, zog Aubrey in seine Arme und direkt an seinen Körper. Aubrey konnte ihre Reaktion nicht verhindern. Ihr Bär erwachte zum Leben, neugierig über Lukes Nähe. Sein Körper verpasste ihre Nähe auch nicht. Sie konnte spüren, wie sie von Kopf bis Fuß rot wurde, als Lukes Wärme und Stärke in jeden Zentimeter sank, den er berührte.

Obwohl er klar Erfahrung auf der Tanzfläche hatte, ließ er die Dinge langsam angehen und führte Aubrey, Schritt für Schritt bis sie begann, sich sicherer zu fühlen. Schon bald ließ sie ihre Füße all die Arbeit tun und entspannte sich und schaute den Menschen zu, während sie es genoss, in Lukes Armen zu liegen.

Nach dem sie sich ein wenig aufgewärmt hatten, zog Aubrey die Spangen aus ihrem Haar und ließ es frei fallen. Es gab nichts besseres, als Lukes Blick zu sehen, der sich aufheizte, als er eine Locke ihres Haares erwischte und ihre seidene Länge mit seinen Fingerspitzen entdeckte. Er sagte nichts weiter, aber sie erinnerte sich, wie sehr er ihr dickes, dunkles Haar an ihrem Wochenende zusammen genossen hatte. Die Art wie er seine Finger darüberstreichen ließ, wie er sich näher lehnte und einen Atemzug ihres Geruchs nahm, machte sie sicher, dass er immer noch dasselbe fühlte.

„Hast du irgendwelche tiefgründigen Gedanken da drunter?", neckte Luke sie. Er sah nach unten und schenke ihr ein sanftes Lächeln seine Lippen zuckten, während seine Augen glitzerten. Es machte sie wirklich langsam fertig, entschied Aubrey.

„Nein. Ich glaube einfach, dass das bequemer ist", sagte sie mit einem Achselzucken. Das Lied endete und sie schoben sich eng aneinander. Aubrey schaute zu Luke, während er sie in die nächste Nummer führte, und dachte daran, wie schön es war, dass sie ihm vertrauen konnte, die Führung zu übernehmen. Aubrey hatte bei allem die Oberhand, was mit ihrem Leben zu tun hatte und nur dieses eine Mal war es nett, in der Lage zu sein, zurückzutreten und sich führen zu lassen.

„Was ist bequem?", fragte Luke und suchte das einfache Gespräch.

„Nur damit du es weißt. Ich dachte, es wäre vielleicht merkwürdig, weil wir beide irgendwie nervös beim Abendessen waren. Und ich kann wirklich nicht tanzen. Aber das ist es nicht. Wir sind irgendwie ..." Aubrey wich ab und dachte an das richtige Wort.

„Gut zusammen?"

Aubrey kicherte.

„Vielleicht. Ich weiß nicht, ob ich so weit gehen würde. Ich dachte vorhin, dass es manchmal schwer für mich ist, Dates zu finden. Nicht wegen meiner Größe, ich meine –"

Lukes Augenbrauen schossen hoch und er unterbrach ihren Gedanken.

„Ich hoffe doch nicht!", schnaubte er.

Aubrey rollte ihre Augen und schüttelte ihren Kopf.

„Viele Männer sind an dickeren Mädchen interessiert, obwohl einige von ihnen wirkliche Idioten sind. Wie Fetischisten und so", sagte sie und verzog ihre Lippen.

„Ich bin so froh, dass du keinen Mangel an Dates mit anderen Männern hast", sagte Luke, seine Stimme wurde trocken.

„Hör zu, ich habe versucht, dir ein Kompliment zu geben, ehe du mich unterbrochen hast", schimpfte Aubrey.

„Oh, absolut", sagte Luke mit einem Lächeln.

Aubrey schnaufte, aber Lukes Hand an ihrer Taille zog sie näher an ihn heran und sie konnte sich nicht überwinden sich wegzudrehen.

„Ich versuche, dir zu sagen, dass ich Probleme habe, Dates zu finden, weil ich ziemlich wählerisch bin. Ich will nur Männer daten, die irgendwie groß und muskulös sind, Männer, die mich irgendwie elegant fühlen lassen", gab sie zu und zog eine Grimasse.

„Erstens bist du perfekt elegant. Zweitens sind die anderen Männer einfach keine Berserker Männer, also sind sie schwach im Vergleich."

Aubrey lachte bei seiner Kühnheit.

„Stimmt das? Ihr Bären seid alle nur große, göttliche Männer, die verehrt werden wollen?", fragte sie.

„Hey, Hey. Ich spreche nur über Aussehen und Größe hier. Und ich glaube, du erinnerst dich vielleicht ein wenig daran, hm?", fragte Luke, seine Augen verdunkelten sich, als er sie ansah. Luke zog sie an seinen Körper und presste seine lange, dicke Erektion durch ihre Kleidung an sie, als wenn sie es vielleicht irgendwie hätte vergessen können.

Aubreys Kinnlade fiel herunter, aber ihr fiel ihr keine vernünftige Antwort darauf ein. Ihre Wangen brannten, weil er mehr recht hatte, als er wusste. Aubrey erinnerte sich genau daran, wie beeindruckend sein Schwanz war und all die Arten, die er genutzt hatte, um sie seinen Namen schreien zu lassen immer und immer wieder.

„Wow, ich kann nicht glauben, dass ich es gerade geschafft habe, das Beste aus dir herauszuholen", sagte Luke.

„Ja, na ja. Gewöhn dich nicht dran, Kumpel", sagte Aubrey.

„Mmmhmm. Na ja du weißt, woran ich mich gewöhnen könnte?", fragte Luke.

„Ich trau mich nicht zu fragen", sagte Aubrey und ihr Atem zuckte, während ihr Körper sich gegen Lukes drückte.

Luke hielt inmitten auf der Tanzfläche an, eine Hand an ihrer Taille und die andere fuhr zu ihrem Kopf hoch. Er schaute sie innig an und seine Augen waren wie smaragdgrünes Feuer und warnten sie vor seinem Begehren und gaben ihr Zeit zu fliehen.

Aubrey ließ ihn ihren Kopf zurückdrücken, ließ ihre Brüste gegen die

Straffe seiner Brust drücken, als er sich hinunter lehnte. Ihre Augenlider flatterten und schlossen sich auf ihren eigenen Willen, als sie die Hitze seines Atems über ihren Lippen spürte, ihre Zunge streckte sich heraus, um sie zu befeuchten. Ihr Herz klopfte ihr bis zum Hals, die Musik pulsierte um sie herum und Lukes Körper an ihrem schien die Zeit anzuhalten.

Das erste Streifen seiner Lippen war Neckerei, eine Frage. Luke bat um Erlaubnis, etwas was er in San Francisco niemals getan hätte. Aubrey hätte sich nicht mal entziehen können, wenn sie gewollt hätte, ihr Körper und ihr Bär sehnten sich nach Luke und ihr Herz war ebenfalls voll von süßen, hoffnungsvollen Schmetterlingen.

Sie stellte sich auf die Zehenspitzen und brachte ihren Mund an Lukas warme, straffe Lippe und genoss den Schauder, der durch seinen Körper ging. Das war Ermutigung genug für Luke, dessen Griff sich um ihren

Körper stärkte, Finger wühlten in ihrem Haar, während seine Zunge dem Rand ihrer Lippen nachfuhr. Sie hingen in dem Moment, gefangen in einer warmen, sicheren Blase, während Aubreys Lippen sich unter Lukes Erkundungen teilten.

In dem Moment, als die Spitze von Aubreys Zunge Lukes berührte, entzündete sich ein Funken zwischen ihnen. Plötzlich waren Lukes Hände überall gleichzeitig, umfuhren ihren Körper, genauso wie ihre seine. Ihre Arme schlangen sich um seinen Hals, zogen ihn näher. Ihre Lippen und Zungen tanzten und zielten, bewegten sich im Rhythmus miteinander und der Musik. Aubreys Zähne zogen an Lukes Unterlippe, und riefen ein tiefes Knurren des Begehrens von ihm hervor. Sie konnte die Vibration an seiner Brust fühlen, die sie zittern ließ. Sie ließ ihren Bären an die Oberfläche kommen, genauso wie sie wusste, dass Lukes Bär das tat.

Sie rangen beide nach Atem zwischen Küssen und Knabbereien und Aubrey gab ein langes, lautes Stöhnen von sich, als die Hitze von Lukes Mund eine sensible Stelle an ihrem Hals gefunden hatte. Im Hinterkopf wusste sie, dass Menschen ihnen zusahen, aber sie konnte sich nicht dazu bringen, sich darum zu kümmern. Eine von Lukes Händen umfasste ihre Brust für einen kurzen Moment, ehe sie nach unten glitt, um sich gegen ihre Öffnung zu pressen.

„Ja", keuchte Aubrey wissend, dass Luke sie über die Musik hören konnte. Sie verschmolz an ihm, ihre Lust wuchs wie eine unkontrollierte Flamme, die drohte sie lebend zu verbrennen. Sie wollte ihn nackt, mit beanspruchten Muskeln und schreiend, während sie seinen Schwanz ritt. Sie brauchte ihn hinübergebeugt, mit gespreizten Knien und sie wollte gefickt werden, bis sie ihren eigenen Namen nicht mehr kannte.

Sie brauchte --

Lukes Zähne kratzen an ihrem Hals, probierten und Aubrey drückte sich auf ihre Zehenspitzen. Sie wollte alles, was Luke ihr geben konnte, alles heiße, angenehme Sekunden davon und sie wollte es jetzt, Öffentlichkeit hin oder her. Ihr Bär wusste, was sie brauchte und sie brauchte den Biss.

Lukes Zähne streiften die Stelle erneut, die genaue Stelle wo Berserkers ihre Partner markierten und etwas Neues und Dunkles und Hungriges pulsierte innerhalb von Aubreys Körper.

Ein Drang, den sie nie gekannt hatte, ehe er dort brannte, ein Wunsch, den sie nicht zügeln konnte. Als Luke sich versteifte und pausierte, und sein Mund ihren Nacken verließ, schrie Aubrey auf und drückte ihre Faust gegen seine Schulter nicht in der Lage, ihre Lust zu kontrollieren.

„Aubrey warte", sagte Luke und seine großen Hände griffen ihre Handgelenke.

Aubreys Augen öffneten sich und sie

starrte ihn für einen endlosen Moment an und balancierte am Rand. Sie rang mit ihrem Bedürfnis, mit ihrem Bär, als sie sich langsam der Situation bewusst wurde.

„Mist!", sagte Aubrey und schüttelte seine Berührung ab und trat zurück.

„Aubrey, es tut mir so leid. Ich habe die Dinge außer Kontrolle geraten lassen. Ich wusste nicht, dass es so sein würde", sagte Luke. Aubrey schaute ihn an, sie schaute ihn wirklich an. Seine Pupillen waren riesig, sein Körper zitterte und er atmete scharf ein. Sie hatte ihn provoziert, ihn zu weit gedrängt und jetzt hing er an einem Faden. Und dennoch war er derjenige gewesen, der sich zurückgezogen hatte, um sie beide davon abzuhalten etwas Dummes zu tun.

„Es ist in Ordnung", sagte sie endlich und schüttelte ihren Kopf.

„Nein, es ist nur … ich will dich nicht drängen", sage Luke und griff nach ihrer Hand. Aubrey vermied die

Berührung seiner Hand und schüttelte mit dem Kopf.

„Aubrey es ist viel mehr als das. Für mich zumindest."

„Hör mal, können wir einfach gehen? Es ist spät und ich habe wahrscheinlich zu viel getrunken", log Aubrey.

Lukes Augen weiteten sich bei Letzterem und Aubrey fühlte sich sofort schlecht, dass sie ihn glauben ließ, er würde sie ausnutzen.

„Das habe ich nicht bemerkt", murmelte er und Scham lag in seinem Blick. „Natürlich können wir gehen."

In nur wenigen Sekunden waren sie auf der dunklen Straße, die frische Luft schaffte eine Lücke zwischen ihnen, wie es nichts anderes hätte schaffen können. Luke hielt ein Taxi an, sein Blick war wütend, aber irgendwie wusste Aubrey, dass das nicht direkt wegen ihr war. Luke war sehr ehrenhaft und er dachte wahrscheinlich wirklich, dass er ihr Unrecht getan hatte. Es ließ sie sich wie eine Zicke fühlen, aber sie wusste nicht, wie sie ihre Worte zurücknehmen konnte.

Ein großes gelbes Taxi fuhr vor und Aubrey stieg hinein und versuchte an etwas Richtiges zu denken, das sie zu ihm sagen konnte. Zu ihrer Überraschung ging Luke auf die andere Seite und stieg neben ihr ein.

„Ähm ... ich kann alleine fahren", sagte Aubrey verwirrt.

„Ich lasse dich nicht alleine", spottete Luke.

„Wirklich ich bin überhaupt nicht so betrunken. Mir geht's gut", versprach Aubrey.

„Ich geh trotzdem nicht", sagte Luke. Er wandte seine Aufmerksamkeit dem Fahrer zu und gab ihm Aubreys Adresse aus dem Gedächtnis und überraschte sie wieder.

Die Autofahrt war ruhig und schnell und lieferte sie in Rekordzeit zu Aubreys Wohnung. Zu schnell für Aubreys vor Lust verwirrtes Gehirn, um die

Dinge zu verarbeiten oder um sich etwas zu überlegen, was sie sagen konnte. Als Luke ausstieg und sie aus dem Auto drängte, erwartete Aubrey, dass er ihr eine gute Nacht wünschte und weggehen würde.

Stattdessen überraschte er sie erneut, indem er ihr Angebot für Geld für das Taxi ablehnte und es wegschickte.

„Ich kann selbst in meine Wohnung gehen", versprach sie ihm.

Luke war ihr einen brodelnden Blick zu, während er den Taxifahrer bezahlte und Aubrey konnte nichts gegen die Gänsehaut tun, die über ihrem nackten Fleisch ausbrach, als er ihr direkt zur Tür ihrer Wohnung folgte. Sein wütender Ausdruck war schwer zu deuten, eine Mischung aus Selbstverurteilung und Pflichtgefühl und ehrlicher Lust, wenn Aubrey raten musste. „Wir müssen reden, Aubrey. Lass mich rein", befahl Luke.

Aubrey nahm sich eine Sekunde, um in die männliche Pracht von ihm zu sinken. Er war so groß und muskulös, mit diesem schönen dunklen Haar und diesen sexy blaugrünen Augen, die ein wenig Gelb in der Mitte versteckten. Gekleidet in diesen maßgeschneiderten Anzug war er eine laufende Fantasie und eine, bei der sie nicht so tun konnte, als wenn sie sie nicht wollte.

Aber Fantasie hin oder her, das passierte alles aus den falschen Gründen. Wenn Luke nicht mit dieser Partnerposse aufhören würde, würde Aubrey es tun.

„Wir können auch hier reden", erwiderte Aubrey und hob ihr Kinn in eine absichtliche Gestik der Abwehr. Lukes Blick verengte sich, aber er wollte sich nicht mit ihr streiten. Er war viel zu sehr Gentleman dafür und natürlich hatte er auch noch seinen eigenen Stolz.

„Ich wollte die Dinge vorhin nicht so schnell angehen", sagte Luke. Seine Ehrlichkeit sollte sie nicht überraschen. Aubrey wusste, er war immer direkt und offen mit ihr gewesen. Dennoch direkt in das Herz eines Themas zu stoßen war nicht einfach und ihr gefiel die Ehrlichkeit davon. Daher versuchte sie ihm ebenfalls zu sagen, wie sie sich fühlte.

„Ich könnte dich einladen hereinzukommen", sagte Aubrey und schlang ihre Arme um sich selbst und seufzte. „Ich könnte uns ein wenig Wein einschenken, wir könnten ein wenig reden und dann könnten wir uns ausziehen, was uns beiden wohl gefallen würde. Das könnte ich machen."

Lukes Lippen zuckten und sie konnte sehen, dass er sich die Szene genauso vorstellte wie sie. Aubrey wappnete sich innerlich und fuhr fort, sie versuchte, all den Mist auszublenden und ihnen beiden ein wenig Probleme zu ersparen.

„Aber ich bin nicht das Two-Night-Stand Art von Mädchen, was ich in San Diego war", erklärte sie.

Luke sah für einen Moment erschrocken aus.

„Ich habe nie so von dir gedacht, ich schwöre", sagte er.

„Naja, es gibt nur zwei Gründe, warum wir jetzt hier stehen", sagte Aubrey. „Erstens für eine schnelle Nummer. Zweitens um dieses verrückte Partnerschaftsding durchzuziehen, dass der Alpha Rat aufgebracht hat. Und Luke, egal wie schön und klug und lustig du bist. Ich bin für beides nicht zu haben. Ich mag mein Leben. Ich mag die Dinge, so wie sie sind. Ich suche nicht nach irgendeinem Ritter in glänzender Rüstung, der mich rettet, genauso wenig wie ich nach bedeutungslosem Sex suche."

„Und das will ich auch nicht von dir", antwortete Luke und seine dunklen Augenbrauen zogen sich zu einem finsteren Blick.

Aubrey stöhnte frustriert.

„Hör mal. Du hast es ziemlich klar gemacht ... dass du mich willst. Du hast mich gesucht und mich wegen eines Dates gejagt. Du hast deine Aufgabe erfüllt, genauso wie all die anderen Kinder der Alpha Bären. Das habe ich verstanden, glaube mir."

„Sagst du mir gerade, dass du meine Einladung nur akzeptiert hast, weil du deine Aufgabe erfüllen willst?", keifte Luke. Aubrey konnte den Schmerz in seinem Blick sehen und obwohl sie es bereute, es gesagt zu haben, wusste sie, sie musste es so weit treiben, bis er es verstand.

„Luke, ich hatte eine tolle Zeit. Aber ich bin einfach nicht daran interessiert, ein Häkchen an der Checkliste von jemandem zu sein. Ich werde keinen Partner nehmen und ich werde dich nicht mit ins Bett nehmen. Geh und such dir ein anderes Mädchen, das deiner Quote entspricht, okay?", erwiderte Aubrey und verschränkte ihre Arme.

Luke starrte sie mehrere Sekunden lang an, ehe er ungläubig seinen Kopf schüttelte.

„Ehrlich Aubrey, ich kann nicht entscheiden, ob dein Ego riesig oder überhaupt nicht vorhanden ist. Du bist mir ein völliges Rätsel."

„Ja, gut. Dann knacke jemand anderen. Wir sind hier fertig", keifte Aubrey. Obwohl es ihren Bären tötete, drehte sie sich von ihm weg und schloss ihre Wohnungstür auf und ging hinein. Als sie die Tür hinter sich schloss, überprüfte sie das Guckloch und erwischte noch seine sich zurückziehende Person, während er zum Parkplatz stürmte.

Aubrey verschloss all ihre Schlösser und seufzte tief.

„Ausgezeichnete Fähigkeit mit Menschen umzugehen, Fräulein Umbridge" flüsterte sie zu sich selbst. Sie schaute auf die Uhr an der Wand im Foyer und erkannte, dass es erst 22.30 Uhr war, also hatte sie noch ein wenig Zeit, ehe sie ins Bett ging. Sie brauchte ein wenig Ablenkung.

„Und zu deiner Belohnung ... ein Glas Wein", sagte sie laut.

Aubrey zog sich weiche Flanell-

Schlafanzughosen an und ein weiches, weißes Frackhemd, dann goss sie sich ein großes Glas Merlot und ein großes Glas kaltes Wasser ein. Sie machte es sich auf der Couch gemütlich und lehnte ihren Kopf zurück. Sie stöhnte, als sie die Ereignisse der Nacht Revue passieren ließ. Ihr Bär war angespannt und einsam, ihr Köper war immer noch verwundet von Lukes Berührung.

Hatte sie gerade einen riesigen Fehler gemacht?

Sie schloss ihre Augen und entschied sich, dass sie sich jetzt darüber keine Sorge machen würde, weil es keinen anderen Ausweg gab. Luke war wunderbar, aber es gab Dinge, die sie ihm nicht sagen konnte. Sie hatte einem Date zugestimmt, um ihn zu besänftigen, und das hatte sie getan. Jetzt musste sie sich wieder auf ihr eigenes Leben konzentrieren. Nach ein paar kräftigen Schlückchen Wein ließ sie sich treiben.

12

Als Luke Aubreys Fußschritte sich nähern hörte, seufzte er erleichtert. Er war drangeblieben, hatte auf ihrer Fußmatte gesessen und darauf gewartet, dass sie erschien. Er wollte aufstehen und sich bewegen, ein wenig Gefühl in seine Beine bringen, aber er wollte sie nicht unbedingt erschrecken. Sie sah ihn nicht direkt und er hatte fast einen ganzen Moment, um sie von weiter weg zu bewundern.

Aubrey trug ein einfaches knielanges Kleid und eine weiße Strickjacke. Ihr langes Haar war in einen eleganten Zopf um ihren ganzen Kopf gebunden und ließ Lukes Finger zucken, um ihn zu öffnen, damit er seine Finger durch die weichen Strähnen fahren lassen könnte. Ihre Augen waren auf den Boden gerichtet, als sie lief, ihr Ausdruck war ernst, aber dass nahm ihr nichts von ihrer Schönheit.

Als sie nur noch ein paar Dutzend Schritte entfernt war, sah sie ihn endlich und hielt sofort an.

„Mein Gott – !" quietschte Aubrey und ließ beinahe ihre Papiertüten fallen, die sie in den Armen hielt.

Luke zuckte zusammen und hob eine Hand und machte eine merkwürdige Winkbewegung.

„Tut mir leid. Hi", sagte er.

„Was zum Teufel machst du hier?", fragte Aubrey und knurrte. Nicht der Ausdruck an Freude auf die er ehrlich gehofft hatte.

„Ich habe auf dich gewartet", sagte er mit einem Schulter zucken.

„Wie lange hast du gewartet?",

fragte sie.

„Ähm …" Luke schaute auf seine Uhr. "Drei Stunden."

Aubrey starrte ihn einen langen Moment an und seufzte dann schwer.

„Du kommst besser rein, nehme ich an", sagte sie und manövrierte sich um ihn herum, um die Tür aufzuschließen. Schnell wie der Blitz war Luke auf den Füßen und nahm ihr die Tüten ab, er versuchte, nicht übertrampelt zu werden, als sie ihn in ihr Haus führte.

„Deine Wohnung ist schön", sagte Luke und schaute sich in der Wohnung um. Alles war in hellem Holz und Pastellfarben gehalten, was der Wohnung ein wenig Strandgefühl gab. Es war nicht das, was er sich für Aubrey vorgestellt hatte, aber es war sauber und hell und beruhigend.

„Danke", sagte Aubrey und ihre Stimme war flach.

Luke folgte ihr und stellte die Einkäufe auf die Küchentheke. Er schaute zu, wie sie in der Küche herumging und alles wegstellte, und er wartete geduldig darauf, dass sie damit fertig wurde. Als sie fertig war, drehte sie sich erwartungsvoll zu ihm um.

„Lass uns hinsetzen", sagte sie und zeigte in Richtung Wohnzimmer. Er ging zum Sofa, ohne darauf zu warten, ob sie ihm folgte; irgendwie wusste er, dass sie würde. Aubrey mochte es nicht, Befehle entgegenzunehmen, aber sie war zu neugierig, um wegzugehen. Er nahm auf der Couch Platz und wartete.

„Okay. Du bist jetzt hier, du hast meine Aufmerksamkeit", sagte Aubrey und legte ihren Kopf auf eine Seite, als sie sich auf die andere Seite der Couch setzte. Ihre Hände legte sie in ihren Schoss, und fummelte an dem dünnen Stoff ihres schwarzen Kleids. Er konnte sehen, dass sie mehr als angespannt war, er konnte es riechen. Ein Hinweis an Lust lag ebenfalls darunter, aber Luke ignorierte das für den Moment.

„Du weißt, ich … spreche nicht viel", begann Luke. Aubreys Augenbrauen hoben sich, als wenn sie sagen würde, mach keine Witze. „Ich war schon immer ein wenig zurückhaltend, sogar bei meiner Familie. Mein Bruder hat mich immer aufgezogen, und hat mir gesagt, dass in meinem Kopf nie was los ist. Nichts über das ich sprechen kann, weißt du?"

„Das hätt ich nie gedacht", sagte Aubrey und sah überrascht aus.

„Ja, es ist dumm. Nur ein alter Witz. Aber es stimmt, dass ich gerne zuhöre und dass ich nicht viel mit anderen teile. Besonders nach den Dingen, die ich in der Armee gesehen habe, ist es ein wenig schwer, sich auf die meisten Menschen zu verlassen. Sie reden über Baseball und mein Kopf ist voll von …" Luke hielt inne und machte einen Kreis in die Luft neben seinem Kopf, als wenn er die richtigen Worte suchte. „Krieg nehm ich an. Ich weiß nicht, wie man Small Talk macht, das wusste ich noch nie. Zwischen einem Berserker und einem Militär, habe ich nichts gemeinsam mit anderen. Es ist einfacher, ihnen zuzuhören, wie sie über ihre Hobbys und Meinungen sprechen, als ihnen Geschichten über Dinge zu erzählen, die ich gesehen habe."

„Es ist in Ordnung, Luke. Du musst das nicht erklären", sagte Aubrey und näherte sich ein wenig und legte ihre Hand auf sein Knie. Die Geste warnte ihn, aber er wusste, er musste sich konzentrieren. Er musste ihr erklären, wie er sich fühlte, anstatt alles in sich aufzustauen.

„Wenn du mit mir sprichst, dann höre ich zu, weil ich interessiert bin. Du machst deine Arbeit in der Unterkunft, was ich toll finde. Du sprichst über deine Familie und ich kann mich auf jeden Fall damit identifizieren. Du sprichst über Menschen, die du kennst und warum ihre Geschichten interessant sind und ich kann sehen, dass du auch gerne zuhörst."

Aubrey schaute nachdenklich aus, aber sie nickte nur. Er bewies seinen

Standpunkt.

„Ich kenne deinen Namen und deine Stadt, seit dem Tag, an dem du San Diego verlassen hast", sagte er und änderte seine Taktik.

„Du – Warte, wirklich?", fragte sie und sah schockiert aus.

„Ja, ich habe das von der Rezeption bekommen. Ich wusste, wo du warst und wer du bist, und ich habe geplant, dich zu finden, sobald mein Fuß wieder amerikanischen Boden berührt", gab er zu.

„Aber das war vor Jahren", widersprach Aubrey.

„Ich weiß. Ich sage dir dass, weil ich nicht will, dass du denkst, dass ich nur gekommen bin, um dich zu finden, nachdem ich dich auf der Party in der Lodge gesehen habe. Ich will nicht, dass du denkst, dass ich nur wegen irgendeinem Scheiß vom Alpharat hier bin. Also was ich dir sagen will, ist, warum ich nicht früher gekommen bin."

Luke drehte seine Hand und nahm

Aubreys Finger und verband sie mit seinen eigenen. Sie antwortete nicht, aber sie warf ihm ein weiches, ermutigendes Lächeln zu.

„Ich kann dir nicht viel über die Einzelheiten erzählen, aber es sind wirklich schlimme Dinge passiert, als ich San Diego verlassen habe", begann Luke. „Es gab viele Tötungen, wirklich nah und persönlich. Und das war nicht nur der Feind, der uns angriff. Es sind viele Dinge passiert, die ich bereue, auch wenn es mein Job war und ich Befehlen folgte. Selbst wenn ich diese Dinge nicht getan hätte, dann wäre ich wahrscheinlich getötet worden, ich fühle mich immer noch ziemlich schlecht dabei."

Aubrey drückte seine Finger, Tränen glitzerten in ihren Augen, während sie seiner Geschichte zuhörte. Lukes Inneres brannte, er fragte sich, ob sie sich von ihm entfernen würde, wenn er ihr alles erzählte. Wenn sie eine Ahnung davon hatte, was er wirklich getan hatte, wie er so viele Menschen getötet hatte. Der Gedanke ließ sein Blut zu Eis gefrieren und machte ihn krank.

Lukes Gedanken gingen wieder zurück zum Camp in Jordanien. Er hörte die Fußschritte der Schützen, sah den Lauf einer Waffe. Er hatte sich auf den Boden geworfen, ehe er sich noch seiner eigenen Bewegungen bewusst wurde, sein Atem stockte in ihm Hals, als die Stiefel des Kindes über den sandigen Boden im Bunkerraum liefen. Er stellte sich die überraschten Gesichter seines Teams vor, als sie sich umdrehten und dem Tod ins Gesicht blickten. Dann war die Waffe in Lukes Hand, die Kugel flog von ihm weg und das Gehirn des Kindes war überall. Ein perfekter Kopfschuss, etwas das sein Team als „Beran Special" bezeichnete. Seine ganz, ganz besondere Bewegung -

„Luke! Luke, Hey!", sagte Aubrey und zog an seiner Hand.

Luke schaute auf sie herunter, Wut

fuhr durch seine Brust und er verstand etwas.

„Kein Wunder, dass du mich nicht lieben kannst. Ich bin ein verdammter Mörder", sagte er und erhob sich von der Couch. Er musste Aubreys Haus verlassen. In den Sonnenaufgang fahren und nie wieder kommen.

„SETZ DICH."

Luke erstarrte. Er drehte sich wieder zu Aubrey und sah sie vor Wut brodeln. Er konnte kaum glauben, dass diese befehlerische Stimme aus dieser kleinen Aubrey gekommen war. Ihre Brust war schwer, ihre Fäuste zusammengeballt und ihr Ausdruck war genug, um ihn sich beruhigen zu lassen.

„Ich sagte, setz dich hin verdammt noch mal. Du wirst dieses Haus jetzt nicht verlassen", befahl Aubrey. Sie setzte sich hin und starrte ihn herausfordernd an, bis er ihre Bewegung nachmachte. Er führte nicht gern Befehle von anderen aus, jetzt wo er nicht mehr in der Armee war, aber der Blick auf Aubreys Gesicht sagte, dass sie keine Angst hatte, sich zu verwandeln und zu versuchen ihn zu bekämpfen. Wenn sie sich bekämpften, dann würde Audrey sich vielleicht verletzten und das wäre unakzeptabel.

„Bist du jetzt fertig mit reden?", fragte Aubrey. Luke konnte sehen, dass sie ihren Bären zu zügeln versuchte, sogar als er kämpfte dasselbe zu tun.

„Ja", sagte er.

„Gut, ich wollte deine Geschichte hören. Nicht jetzt, aber bald. Ich will die ganze Geschichte hören, weil es klar ist, dass du sie erzählen musst", sagte sie.

„Die Hälfte davon ist geheim, Aubrey", keifte Luke.

„Es ist mir egal. Wenn du hier bist und mich als deine Partnerin bewirbst, dann verdiene ich, das alles zu hören. Und nicht weil es mir nicht gefällt oder weil ich glaube, dass du eine schlechte Person bist, sondern weil es das ist, was Partner machen."

„Aubrey –"

„Kein Streit. Ich kann nicht sauer sein, dass du nicht nach mir gesucht hast, besonders nachdem ich so gegangen bin, aber ich kann sauer werden, wenn du diese neugefundenen Redefähigkeiten nicht nutzt, um mir die ganze Geschichte zu erzählen."

Luke zögerte, sein Magen fühlte sich noch schwer an, aber nach einer Minute nickte er zustimmend.

„Okay, Wenn es das ist, was du wirklich willst, Aubrey. Aber wenn es Show- und Erzählzeit ist, dann will ich wissen, warum du so traurig warst, als wir uns das erste Mal getroffen haben. Du hattest ein unglaublich tolles Wochenende mit mir und dann bist du einfach gegangen ohne ein Wort. Da gibt es doch auch eine Geschichte dahinter."

Aubrey nahm einen tiefen Atemzug und ihre Augen weiteten sich.

„Muss ich all die Dinge wiederholen, die du mir gerade an den Kopf geworfen hast?", fragte Luke.

Wut flackerte eine Sekunde lang über ihr Gesicht und ging dann in Resignation über.

„Okay. Fair ist Fair. Du erzählst mir von deinem schlimmsten Moment und ich werde dir erzählen, warum ich an dieser Bar in San Diego stand und versuche dabei nicht zu weinen."

Lukes Herz wurde eng bei der Art, wie sie ihre Augen senkte und ihm ihre Scham zeigte.

„Hey", sagte er und griff nach ihrem Kinn und hob es hoch. „Wir müssen nicht mehr heute Abend davon reden, okay?"

„Okay", sagte Aubrey und atmete aus. „Nicht heute."

Luke zog sie in seine Arme und atmete tief ihren einzigartigen Atem ein und genoss die weiche Wärme ihres Körpers an seinem eigenen. Wenn er sie so nahe an sich hielt und versuchte ihren Schmerz mit einer unschuldigen Berührung wegzuwischen, war es fast noch viel schwerer, der Frau, die er liebte, gegenüber zuzugeben, dass er ein Mörder war.

Luke schaute an ihr herunter, sein Blick fiel auf ihre Lippen. Ehe er sich versah, war sein Mund auf ihrem. Dieses Mal teilten sich ihre Lippen sofort unter seinen und gaben ihm Zugang. Er saugte sofort den süßen, unverwechselbaren Geschmack ihrer Lippen ein, eine süße Freude, die sich schnell in seine Sinne brannte. Er nahm ihr Kinn in seine Hand, und ließ die andere ihre Schulter herunterfahren, um ihre füllige Hüfte zu greifen.

Als Aubrey sich nach vorne lehnte und ihren Körper noch enger an seinen drückte, übernahm Lukes tierische Seite. Er griff ihre Hüften und nahm sie hoch und setzte sie auf seinen Schoss. Der leise Überraschungsschrei, der ihr entwich machte ihn an wie kein anderer. Er fühlte seinen Körper sich anspannen, Muskeln spannten sich an, während sein Schwanz sich zu seiner vollen Größe aufstellte.

Das sanfte Gewicht von ihr auf seinem Schoss ließ ihn laut stöhnen wollen. Er suchte wieder ihren Mund, seine Zunge neckte und schmeckte, während er seine Hand nach unten wandern ließ, um ihren Hintern zu entdecken. Sie war so weich und warum unter seiner Berührung, als wenn sie für seine Lust gemacht worden wäre.

Aubrey zog sich kurz zurück, Unsicherheit lag auf ihrem Gesicht.

„Luke, ich bin mir nicht so sicher, ob wir das tun sollen", sagte sie und hörte sich ein wenig atemlos an. Er wollte sie beruhigen, genauso sehr, wie er sie haben wollte, also ließ er sich auf einen Kompromiss ein.

„Ich bleibe angezogen", sagte er. „Lass mich dir ein gutes Gefühl geben, ohne Verpflichtungen."

„Luke ... bist du sicher?", fragte Aubrey. Die Aufregung in ihrer Stimme, der Hunger in ihren Augen ... würden ihn noch umbringen.

Luke drückte sie wieder auf die Couch und gab ihr einen langsamen, innigen Kuss, ehe er ihre Strickjacke und ihr Kleid auszog. Darunter trug sie einen schwarzen Spitzen BH und einen sexy Slip, der seinen Schwanz vor Verlangen zucken ließ, als er sich vor ihr kniete. Genauso wie beim ersten Mal, als er sie ausgezogen hatte, wurde sie rot und versuchte, sich selbst zu bedecken. Luke ließ das nicht zu, er erwischte ihre Hände und drückte sie hinter ihren Kopf.

„Bewege die nicht", sagte er und drückte ihre Hände, ehe er sie losließ. Aubrey biss sich auf ihre Lippen und nickte, ihre Augen waren dunkel vor Lust. Luke legte eine Hand auf jedes ihrer Knie, und ließ sie über ihre Oberschenkel laufen. Er spürte Aubrey zittern, während sie ihn beobachtete und die feinen Muskeln in ihren Schenkel in Vorahnung zuckten und sich anspannten. Luke griff ihre Hüfte, teilte ihre Beine, während er sie zum Rand der Couch zog. Der Geruch der Begierde flutete seine Sinne, während er ihren aufgeheizten Kern direkt an seinen eigenen Körper presste. Er drängte nur einmal vorwärts, rieb seine Erektion gegen ihr, um sie an die Größe und an all die wunderbaren Dinge zu erinnern, die er mit ihr tun könnte.

Aubrey keuchte und wand sich. Sie bewegte ihre Hände, aber ein tiefes Knurren von Luke, ließ sie sofort wieder an ihren Platz wandern. Luke war vielleicht im bürgerlichen Leben verloren, aber im Schlafzimmer und auf dem Kampffeld war er in seinem Element, die beiden Orte, wo sein Alpha wirklich frei war. Er würde Aubrey das nicht vergessen lassen.

Er hob seine Hände zu ihren Schultern und schob die schwarzen Satinstraps ihres BHs von ihren Schultern. Er streifte mit Schmetterlingsküssen über die Spitze ihrer Brüste, während er ihren BH wegschob und sie endlich nackt vor ihm lag.

„Gott, deine Titten …", bewunderte er und nahm sie in die Hände. Sie waren mehr als großzügig, jede weitaus größer, als er in einer Hand halten konnte. Perfekt rundliche, blasse Kugeln, getoppt mit üppigen samtartigen Nippeln. Er lehnte sich vor und schnüffelte an der Rundung jeder Brust, küsste sie und nagte mit den Zähnen daran, während er sich zu einem der narbenartigen Nippel vorarbeitete.

Aubrey schrie auf und tauchte ihre Finger in seine Haare, als er seinen Mund über ihr sensibles Fleisch schloss. Er rollte seine Zunge darüber und darunter, neckte die Spitze mit seiner Zunge und Zähnen, bis sie keuchte und ihre Hüften gegen seinen Schwanz drückte und ihn ganz verrückt machte.

Er gab ihr einen sanften Biss und sie drückte ihren Rücken vor Überraschung und Lust durch. Er drückte ihre Brüste in seiner Hand und wandte dann der anderen seine Aufmerksamkeit zu.

Leckend, neckend, kratzend mit den Zähnen über der sensibelsten Stelle, wurde er mit Bitten nach mehr belohnt.

„Luke, bitte!", keuchte Aubrey. Er zog sich zurück und leckte über seine Lippen, er liebte es, wie ihre Augen der Bewegung seiner Zunge folgten.

„Bitte was?", fragte er und wog ihre Brüste in seinen Händen und streichelte mit den Daumen über ihre Nippel.

„Ich muss …", begann sie. Ehe sie noch beenden konnte, steckte Luke seine Fingerspitzen in ihren Slip und tauchte damit dort ein. Aubrey stieß den Atem aus und hob ihren Körper hoch und half ihm sie ganz auszuziehen. Luke schaute Aubrey an und bemerkte, dass sie rot wurde, obwohl sie so heiß war.

„Schau dich an", knurrte er. „Du machst mich so heiß, Aubrey. Dein Körper ist perfekt. Ich kann es nicht erwarten, dich zu probieren."

Er bewegte sich zurück und lehnte sich herunter und spreizte ihre Schenkel weit. Ihre nackte, rosa Spalte glitzerte vor Aufregung und Luke konnte nicht widerstehen sie zu probieren. Er teilte ihre Lippen mit zwei Fingern, nutzte die Spitze seiner Zunge, um die heiße Linie von ihrem Kern bis zu ihrer Klit nachzufahren. Aubrey spannte sich unter ihm an und sog den Atem ein. Luke schloss seine Lippen über die weiche Knospe und saugte und wirbelte seine Zunge über ihre sensibelste Stelle, bis sie schrie.

„Luke, Luke …", stöhnte Aubrey.

Luke glitt mit einem einzelnen dicken Finger in ihren heißen, engen Kern und kam beinahe selbst, als ihre inneren Wände sich um ihn herum anspannten. Er zog seinen Finger heraus und steckte zwei Finger hinein, er leckte und saugte an ihrer Klit, während er seine Finger immer und immer wieder in ihren Kanal stieß.

Als er sie sich wieder anspannen fühlte, war ihr Orgasmus nahe, er fügte einen dritten Finger hinzu und fickte sie rücksichtslos, saugte jedes bisschen ihres süßen Saftes aus, während er sie zum Höhepunkt brachte.

Aubrey schwebte und ihre Schreie wurden verzweifelter. Luke positionierte sich, während er arbeitete und nutzte seine freie Hand zum Entdecken. Er schickte eine saftfeuchte Fingerspitze über ihre Schenkel, bis er den engen Kreis ihres Hinterns umkreiste. Er leckte mit seiner Zunge über ihre Klit, während er seine Fingerspitze über den Rand kreisen ließ und ihr sensibles Fleisch nur mit den Fingerspitzen entdeckte.

Aubrey schrie, als der Orgasmus sie mit einem plötzlichen Ruck überkam, ihre Muskeln verschloss, während sie ihre Hüfte gegen Lukes Mund und Finger bäumte. Er saugte weiter und pumpte seine Finger in sie, bis sie stöhnte und seinen Kopf wegzog. Erst dann stand er auf und wischte sich über seine Lippen, während er sich neben sie setzte. Luke zog Aubreys schwachen Körper in seine Arme, lehnte sich an die Couch, während er darum kämpfte wieder zu Atem zu kommen.

Während er sie hielt, küsste er sie auf den Kopf, saugte ihren Geruch ein und fühlte ihr Herz wild gegen seine Brust schlagen. Nachdem sie sich beruhigt hatte, lagen sie eine lange Weile nebeneinander ohne zu sprechen oder sich zu bewegen. Zumindest wusste Luke, dass er gehen musste. Er wollte Aubrey nicht zu etwas drängen oder fordern, dass sie ihr Leben für ihn veränderte. Nicht jetzt, nicht ehe sie nicht wusste, was sie selbst wollte. Er konnte heute Nacht nicht bleiben und er musste Aubrey seine Pläne für den Rest der Woche mitteilen.

„Aubrey, ich werde gleich gehen", sagte Luke.

„Du musst nicht gehen", sagte sie, aber er konnte ihren Körper sich an seinem sich anspannen fühlen. Sie war bereit, sich zu wappnen, bereit für ihn, der sie zu weit brachte.

„Ich muss wirklich. Ich muss noch ein paar Dinge erledigen. Ich habe ein Vorstellungsgespräch in Portland am Freitag, also muss ich am Donnerstagabend zurückfahren. Nur um auf der sicheren Seite zu sein", sagte er ihr. „Immer ein Pfadfinder. Ich bin gerne vorbereitet."

Aubrey schnaubte, aber er konnte an ihrer Reaktion sehen, dass seine Aussage sie verwirrte.

„Okay. Also ... das war's dann, hm?", fragte sie. Ihre Stimme war lässig, aber ihr Körper war noch angespannter als zuvor.

„Hm, nein. Ich muss nur für ein paar Tage weg, aber ich komme dann gleich zurück. Und ich bin nicht einmal drei

Tage weg. Ich würde dich gerne wiedersehen morgen oder Mittwoch, wenn du möchtest." Er war seinen Plan in seinem Kopf ein Dutzend Mal durchgegangen und hatte versucht herauszufinden, wie oft er sie sehen konnte, ehe sein Flug ging.

Aubrey war still. Wie immer nicht die grenzenlose Freude, die er von ihr wollte, aber zumindest hatte sie ihn noch nicht aus dem Haus geschmissen. Zumindest war sie ruhig und ließ Luke sie in seinen Armen halten.

„Du suchst einen Job in Portland", sagte sie endlich. Eine Aussage, keine Frage.

„Ja. Das habe ich schon seit Wochen auf dem Plan. Es ist eine tolle Position. Etwas was mir tatsächlich gefällt und bei dem ich gut bin."

Aubrey warf ihm einen merkwürdigen Blick zu, den er nicht entziffern konnte und straffte dann ihre Schultern.

„Ich muss dich etwas fragen", sagte

sie. Der Ausdruck auf ihrem Gesicht ließ ihn beinahe zusammenzucken, weil er sehen konnte, dass sie in den Kampfmodus ging.

„Okay, schieß los", sagte er und nahm einen tiefen ruhigen Atemzug.

„Die Anordnung von dem Alpharat, dass wir alle Partner nehmen sollen … wie viel zählt der Faktor in deiner Entscheidung, mit mich zu finden?", fragte sie.

Ihre Stimme war barsch, als wenn sie bereits merkte, dass es das war und seine Ausreden nicht hören wollte. Luke zwinkerte und war ein wenig schockiert, obwohl ihre Frage nicht völlig grundlos oder unerwartet kam.

„Na ja … Auf einige Arten schon. Auf einige Arten, nein", antwortete er.

Aubrey verschränkte ihre Arme, ihr Mund verengte sich zu einem Knurren.

„Okay, verstehe", sagte sie.

„Um ehrlich zu sein, habe ich immer angenommen, dass du einen Partner hast. Ich habe dennoch geplant, dich zu suchen, einfach aus Neugier, aber ich war nicht in Eile damit. Als meine Eltern dieses Partner Ding bekannt gegeben haben, bist du mir in den Kopf gekommen. Dann habe ich dich auf der Kennlernparty gesehen und ich wusste, du warst noch frei …", sagte er.

Luke räusperte sich und wandte sich in seinem Stuhl, er fühlte sich unbehaglich, als er seine Motive und seinen Gedankenprozess erklärte. Er war besessen von ihr, von dem Gedanken sie zu finden, er war erfreut gewesen, als er herausgefunden hatte, dass sie keinen Partner hatte.

„Okay, danke dass du ehrlich bist", sagte sie.

Aubrey zog sich aus seinem Griff und griff nach ihrem Kleid, zog es über ihren Kopf und bedeckte sich selbst. Luke stand auf, wissend, dass er jetzt hinausgeworfen werden würde.

„Kann ich dich noch mal sehen, bevor ich fahre?", fragte Luke.

„Ich bin nicht –" Aubrey hielt inne

und ließ ein frustriertes Schnauben hören. „Lass mich darüber nachdenken."
„Okay. Wenn nicht, dann lass es mich wissen. Ich kann warten, bis ich zurückkomme, ich will nur einfach nicht", sagte er.

Aubrey warf ihm einen weiteren, merkwürdigen, undefinierbaren Blick zu.

„Gute Nacht, Luke", seufzte sie.

Luke lehnte sich herüber und gab ihr einen letzten Kuss auf ihre Lippen und dann ging er.

„Schließ hinter mir ab, okay", bat er.

Aubrey warf ihm einen Blick zu, aber folgte ihm.

„Tschüss –", sagte er auf der Fußmatte, nur um die Tür vor der Nase zu geschlagen zu kommen.

Während er wegging, pfiff er leise.

„Okay, Shit", sagte er sich selbst. „Das ist nicht gut gegangen."

Luke ging zu seinem Auto und weigerte sich nachzugeben und zum zweiten Mal zu ihrer Tür zu gehen. Ein

Mann hatte immerhin noch seinen Stolz. Er schüttelte seinen Kopf und verfluchte den bösen Blick, den Aubrey ihm gegeben hatte, während er zurück in sein Hotel fuhr.

13

Aubrey schluckte den Rest ihres Cocktails im Glas herunter, und staunte über all die wunderbaren Menschen die Wilson & Wilson, ihre Lieblings Bar, füllten. Obwohl Aubrey wusste, dass Val einfach nur den neusten Klatsch über ihre Situation mit Luke hören wollte, als sie sie eingeladen hatte, konnte sie nicht widerstehen. Ein Champagner Cocktail und ein Gespräch unter Mädels hörte sich für sie wie ein Ticket zu ihrem Partnerblues an.

Sie hatte sich also schick gemacht

und war am Abend in die Stadt gegangen, früh genug, um einen guten Tisch an der beliebten Bar zu bekommen. Drei Getränke später drängte Val Aubrey nach Details über ihr Date mit Luke.

„Das wars? Ihr habt was miteinander gehabt, aber nicht so ganz und dann hast du ihn rausgeworfen?", sagte Val ungläubig. „Du hättest es tun sollen, Mädel. Er ist soooo süß."

„Ja, ist er wirklich", seufzte Aubrey. „Aber ich habe dir gesagt, ich kann seine Gründe nicht verstehen."

„Luke scheint mir ein ziemlich netter Typ zu sein", sagte Val mit einem Schulterzucken.

„So sehen sie alle zuerst aus. Und mit Luke … Ich kann es wirklich nicht erklären, aber ich glaube, er ist nur an mir interessiert, weil seine Familie will, dass er sich niederlässt und er glaubt, ich bin irgendwie … die Richtige. Nicht sehr romantisch", Aubrey zog eine Grimasse.

„Ja, aber könnte er nicht auch einfach jemand anderes daten? Von dem was du mir erzählt hast, ist er ein ziemlich guter Fang."

„Ich habe dir gesagt, wir kommen aus derselben Kultur", sagte Aubrey.

„Oh ja, dieses nordische Ding", Val rollte mit den Augen. „Das ist eine ziemlich lahme Verbindung", wenn du mich fragst.

„Es ist wirklich wichtig für unsere Familien."

„Aber nicht für dich, wie es scheint", sagte Val.

„Nein für mich nicht. Mein Vater hat mir vor Jahren versprochen, dass ich mir um all das keine Sorgen machen muss."

„War das …", Val zögerte. „Hat das etwas damit zu tun, mit all diesem Urlaub, den du vor ein paar Jahren genommen hast?"

Aubreys Blick wanderte zu dem ihrer Freundin. Sie hatte sich drei Monate freigenommen von der Arbeit, sie hatte gesagt, dass sie ins Ausland ging, um den Kopf freizubekommen. In Wirklichkeit war sie nicht in der Lage gewesen, den Alltag zu meistern, nachdem ihre Verlobung mit Lawrence in die Brüche gegangen war. Sie und Valerie waren damals noch nicht so eng befreundet gewesen, also überraschte es Aubrey, dass Val das herausgefunden hatte, dass ihr „Urlaub" mit den Forderungen ihrer verrückten Familie in Verbindung stand.

„Ah. Ähm, ja", sagte Aubrey und wollte nicht ins Detail gehen.

„Ich nehme an, deine Abwesenheit war wegen eines Mannes. Du und dieser Lance Typ hatten doch was recht Ernstes –"

„Lawrence", korrigierte Aubrey automatisch. Selbst als die Worte ihren Mund verließen, fragte sie sich, warum sie das überhaupt noch interessierte.

„Ja, na ja, ihr seid beide heiß und schwer, dann hast du mir gesagt, dass ihr euch vielleicht trennt und dann …"

Valerie zuckte mit den Achseln. „Dann warst du weg. Als du zurückgekommen bist, hast du nie darüber gesprochen, aber du bist nicht auf Dates gegangen. Luke muss dein erstes Date in … ich weiß gar nicht wie lange gewesen sein."

Aubrey nickte, wissend, dass ihre Freundin recht hatte. Sie hatte viel zu lange gewartet zwischen den Männern. Jetzt war ihre Lust unkontrollierbar um Luke herum und machte es schwer für sie, klar zu denken, wenn er da war. Keine ideale Situation, wenn ihre zukünftige Freiheit und ihre Freude vielleicht auf dem Spiel standen.

„Hey. Erde an Aubrey", sagte Val und wedelte mit ihrer Hand vor Aubreys Gesicht. „Ich wollte dich nicht in irgendein Kaninchenloch schicken. Ich war einfach neugierig."

„Ich will einfach nur nicht mehr über die Vergangenheit sprechen. Sollen wir noch einen Drink trinken, ehe wir gehen?", fragte Aubrey.

Val schüttelte ihren Kopf.

„Ich kann nicht. Noch ein weiterer Drink und ich muss mein Auto für die Nacht hier stehen lassen. Zwischen den Valet und Uber Fahrten würde mich das bankrott machen", witzelte sie. Vals Figur war dünner als Aubreys, etwas was Aubrey gelegentlich begehrte. Dennoch verhieß Vals zierliche Person, dass sie ihren Alkohol nicht gut vertrug.

„Okay. Dann lass uns gehen", sagte Aubrey und signalisierte der Kellnerin die Rechnung zu bringen.

Nachdem Aubrey und Val sich umarmt und ihre Wege gegangen waren, liefen sie auf dem Parkplatz in verschiedene Richtungen. Aubreys Handy klingelte. Sie fischte es aus ihrem Portemonnaie und war überrascht, als sie die Nummer ihrer Eltern auf dem Display sah. Es war schon fast neun Uhr abends, viel später, als ihre Mutter gerne anrief.

„Hallo?", sagte sie.

„Ja, hm hi", klang die mürrische Stimme ihres Vaters an ihrem Ohr.

„Papa? Hey, ist alles in Ordnung?", fragte Aubrey und ihr Magen war plötzlich ganz flau.

„Ja. Hm ja. Ich … ich habe nur gerade gehört, dass ein Berserker auf dem Clan Gelände war und nach Informationen über dich gefragt hat. Ich rufe nur an, um sicher zu sein, dass es nichts …" Ihr Vater machte eine Pause und schien unsicher. Es war ein unbekanntes Gefühl, weil ihr Vater ein Alpha und bullig war, bis hin ins Knochenmark. Er hatte nicht einmal angerufen, um nach ihr zu fragen, nachdem das mit Lawrence passiert war, und hatte es lieber Aubreys Mutter überlassen, dass zu händeln, was er „hysterisch" nannte.

„Ich bin nicht in Gefahr", sagte Aubrey und rollte ihre Augen. „Es ist einfach nur jemand, den ich vor einer Weile kennengelernt habe."

„Wer ist er?", fragte ihr Vater.

„Luke Beran, wenn du das wissen willst."

Es gab einen Moment kompletter Stille bei ihrem Vater.

„Beran. Du folgst also der Anordnung? Suchst du einen Partner?", fragte er.

„Ich habe gesagt, ich gehe zu der Kennlernparty und das habe ich getan. Da ist nichts Weiteres."

„Luke Beran stammt aus einer guten Familie. Er wäre eine gute Wahl", sagte ihr Vater.

„Du hast mir etwas versprochen, Dad. Du hast mir versprochen, dass du mich nie wieder in dieselbe Situation bringst, dass du keinen Druck auf mich ausübst, dass ich mir einen Partner suche", schalt Aubrey ihn.

„Du kennst also diesen Bären, aber willst ihn nicht als Partner?", stellte ihr Vater klar.

„Korrekt."

„Okay, okay. Dann sei halt stur", seufzte ihr Vater. „Deine Mutter will dich morgen hier haben. Wir grillen mit ein paar deiner Tanten und Onkel und Cousins."

Aubrey konnte es sich jetzt schon vorstellen, alle ihre Verwandten schwärmten und redeten und schlangen Onkel Reids berühmte Rippchen herunter.

„Macht Mama ihre Mac and Cheese?", beschwatzte ihn Aubrey.

„Natürlich."

„Okay", lenkte Aubrey ein. „Wann?"

„Wir essen um eins. Komm ein wenig früher und besuche deine Mutter. Sie vermisst dich."

Keine Erwähnung von ihrem Vater über seine eigenen Gefühle über sein einziges Kind, natürlich.

„Okay", grunzte sie.

„Okay", sagte ihr Vater und die Leitung war tot.

Aubrey starrte auf das Handy ihrer Hand und schüttelte ihren Kopf. Was zum Teufel hatte sie gerade zugestimmt?

14

„Onkel Reid macht wirklich das beste Barbecue auf der Welt", sagte Aubrey und wischte sich den Mund mit einer Serviette ab, ehe sie den Teller von sich schob.

„Ich wünschte, ich könnte noch fünf Teller mehr essen", stimmte ihre Cousine Emmie zu.

Sie saßen zusammen an einem der vielen Picknicktische, die bei Aubreys Eltern im Garten standen, ein großer Hofbereich vollständig mit einem Pool, Außenküche und sogar einer Wet Bar. Ihre Eltern liebten es, zu grillen und sie taten es mit Stil. Fünfzig oder mehr Berserker waren hier für die Party, fast die Hälfte von Aubreys Clan. Die weite Fläche des Hinterhofs war von einer dicken Baumgrenze umgeben, sodass sich die Veranstaltung sicher und privat anfühlte. Es war ein idealer Treffpunkt, denn viele aus der Gruppe konnten sich verwandeln und später den Wald entdecken.

„Ich glaube noch ein Teller würde mich umbringen", sagte Aubrey, als sie die Bärenverwandler sich vermischen sah. Bis jetzt war die Versammlung recht gemütlich. Nicht ein einziger Kampf war ausgebrochen. Dann wiederum, waren die Gäste erst ungefähr einer Stunde da. Nicht genug Zeit oder Alkohol, um jemanden zu reizen … noch nicht.

Es hatte einen angespannten Moment gegeben, als Tante Lilah einen Finger auf das Gesicht von Aubreys Vaters gestreckt hatte und geschrien hatte, „Jack Umbridge, du Hurensohn!" Momente später kicherte Lilah und warf sich selbst in die Arme ihres Bruders und die ganze Party entspannte sich und wandte sich wieder dem Essen zu.

„Getötet durch Rippchen", schnaubte Emmie. „Wir werden alle in gezwungene Partnerschaften gedrängt. Vielleicht ist ein Tod beim Barbecue kein so schlechter Tod."

Aubrey lachte und warf ein diskriminierendes Auge über ihre Lieblingsverwandten. Emmie und Aubrey kamen auf jeden Fall aus derselben Familie und hatten sich als Kinder so ähnlich gesehen, dass selbst ihre eigenen Eltern sie manchmal verwechselten. Heute, wo Aubrey ihr Haar gefärbt hatte, um ihre natürlichen roten Highlights herauszubringen, waren Emmies kurze kastanienbraune Locken natürlich und lockig.

„Was?", fragte Emmie und nippte an ihrem Corona.

„Ich habe gerade daran gedacht, wie du und ich manchmal als Kinder verwechselt wurden", sagte Aubrey.

„Ja, ich meine Sarabeth sieht auch aus wie wir", sagte Emmie und zeigte auf eine andere Cousine, die auf dem Hof stand und sich unterhielt. „Und Ann und Becky. Wow, ich habe gerade bemerkt, dass es nur zwei Arten von Frauen in unserer Familie gibt. Groß, dunkelhaarig und vollbusig und dünn, blond und ohne Gehirn."

Aubrey kicherte, wissend dass sie beide auf ihre Cousinen Jenna und Leslie schauten. Beide Frauen passten zu dem dünnen, blonden und gehirnlosen Paket.

„Was ist mit Samantha?", fragte Aubrey und nickte in die Richtung einer weiteren Cousine. „Sie ist dünn und blond, aber sie hat einen PhD in räumlicher Physik. Sie ist praktisch ein Genie."

„Ähm", sagte Emmie und schüttelte ihren Kopf. „Sie ist auch supernett. Sie wird noch den Rest von uns ruinieren."

Sie lachten sich beide kaputt, entspannten sich, während sie tranken und sich die Leute anschauten. Es war eine willkommene Ablenkung vom Rest von Aubreys Leben.

„Whoaa …", sagte Emmie und stellte ihr Bier ab und griff Aubreys Arm. „Bitte, bitte sag mir, dass das kein Cousin ist."

Aubrey folgte Emmies Blick und sah, Luke der gerade auf den Hof gekommen war. Aubreys Vater auf seinen Fersen. Die Hälfte der Frauen auf dem Hof drehte sich um, um Luke anzuschauen, sie bewundert ihn in seinem hellblauen Hemd und den gut sitzenden, dunklen verwaschenen Jeans.

„Oh, Gott. Ist er mit einer unserer blonden Cousinen hier?", stöhnte Emmie.

„Das bezweifel ich", sagte Aubrey, aber Emmie hörte nicht zu.

Luke lächelte und nickte Aubreys Vater zu, diese wunderschönen ozeanblauen Augen suchten den Hof ab, bis sie auf ihren landeten. Aubrey zitterte und fühlte sich seltsam ausgesetzt. Wie konnte Luke hier auf ihrem Familiengrundstück sein und all ihre Verwandten treffen?

Luke entfernte sich von Aubreys Vater und schob sich zu Aubrey vor.

„Oh mein Gott, er kommt hier her!", keuchte Emmie.

„Ja", sagte Aubrey. „Natürlich kommt er. Er ist hier, um mich zu sehen."

„Was?", fragte Emmi, aber es gab keine Zeit zum Erklären.

„Hey", sagte Luke. Aubrey schaute von ihrem Platz hoch, ihre Augen nahmen jede Größe, jeden Zentimeter von ihm auf, als er sich über sie beugte.

„Hey", sagte sie verwirrt. „Was machst du hier?"

Trotz ihrer Verwirrung erhellten sich Lukes Züge, aber Aubreys Vater unterbrach das Gespräch, noch ehe er etwas erklären konnte.

„Oh, Luke. Ich habe hier ein paar Leute, die du vielleicht treffen willst", sagte ihr Vater und griff nach Luke und zog ihn von Aubreys Tisch weg.

„Jack –" begann Luke. Aubreys Vater

schnitt ihm das Wort ab und steuerte ihn direkt in eine Gruppe der „dünnen, blonden, gehirnlosen" Typen, die sich an einem weiteren Tisch versammelt hatten. Alle starrten Luke an, als wenn er das letzte Stück von Onkel Reids Rippchen wäre.

„Du kennst ihn?", fragte Emmie und rüttelte an Aubreys Arm. Aubrey schluckte und nickte, aber sie fand keine Worte, um die Dinge zu erklären.

Aubreys Vater überreichte Luke ein kühles Bier und befahl ihm, sich an den Tisch zu setzen. Nach einem weiteren Blick auf Aubrey fügte Luke sich. Eine der Blondinen warf ihm ein einschüchterndes Lächeln zu und lachte, als sie Lukes Arm berührte.

Jack Umbridge ging schnurstracks zurück zu Aubrey und zog eine Augenbraue hoch. Er verschränkte seine Arme und starrte mit einem zufriedenen Blick auf seinem Gesicht Aubrey an.

„Siehst du? Ich habe es geregelt", grunzte ihr Vater.

„Was hast du geregelt?", fragte Aubrey und verschränkte ihre Arme.

„Ich meine, was ich dir gesagt habe. Du musst niemanden nehmen, denn du nicht willst. Ich sagte, du hast meinen Schutz, also …" er winkte mit einer Hand nach Luke. „Ich gebe Beran etwas, womit er sich beschäftigen kann. Problem gelöst."

Aubrey öffnete ihren Mund und wollte mit ihrem Vater schimpfen, weil er sich eingemischt hatte, aber er hielt einen Finger hoch.

„Behalt den Gedanken für dich. Sieht aus, als wenn der Beran sich langweilt", sagte er.

Luke stand auf und warf einer der Cousinen ein gezwungenes Lächeln zu und versuchte die Berührung einer weiteren Cousine abzuwehren. Die Art, wie Jenna, Leslie und Mary sich um ihn kümmerten, ließ Aubrey erkennen, dass nicht jeder gegen den Erlass der

Zwangsgemeinschaft kämpfte. Ihre Cousinen schienen total bereit dafür zu sein, hier und jetzt.

„Mist", murmelte Aubrey. Sie stand auf und schaute sich nach ihrer Mutter um.

Sie sah sie in einer entfernten Ecke stehen, Aubrey ließ ihren Vater und Luke und all die Cousins stehen.

„Mama, was zum Teufel", fragte Aubrey frustriert.

„Gibt es ein Problem, Aubrey?", fragte ihre Mutter stirnrunzelnd und verschränkte ihre Arme.

„Warum macht Papa das? Ich habe nicht um Hilfe gebeten, um Luke loszuwerden." Ohne Absicht machte Aubrey die erschöpfte Haltung ihrer Mutter nach.

„Du hast ihm Schuldgefühle gemacht, Liebes. Dein Vater redet nicht viel, er handelt lieber. Also ist er gegangen und hat es getan", sagte ihre Mutter.

„Aber –"

„Hey", sagte ihre Mutter und schüttelte ihren Kopf. "Ich will das nicht hören. Soweit du weißt, dieser Typ –"

„Luke. Sein Name ist Luke", keifte Aubrey.

„Okay. Wer weiß, vielleicht findet Luke eine Verbindung mit einer deiner Cousinen."

„Das wird er auf jeden Fall nicht!", protestierte Aubrey.

„Hast du einen Anspruch auf ihn?", forderte ihre Mutter sie heraus.

„Nein! Nein nicht so", knurrte Aubrey ihre Mutter an.

„Du willst ihn nicht. Das sagst du mir doch", sagte ihre Mutter.

Aubrey nahm einen tiefen Atemzug und Hitze stieg in ihre Wangen. Sie nickte und wollte nicht einlenken.

„Okay. Dann hol dir ein kaltes Bier und geh wieder zu Emmie. Sie sieht einsam aus. Noch besser, stell sie ihm vor", schlug ihre Mutter vor.

Im Hof beobachtete Aubrey ihren Vater, der Luke mehreren dunkelhaarigen Frauen vorstellte. Leslie folgte ihnen, und schob sich in die neue Gruppe, während sie ihren ganzen Charme einsetzte. Luke schaute einen kurzen Moment zu Aubrey, ehe er sich umdrehte und sich auf die Aufmerksamkeit konzentrierte, die eine der schönen, brünetten Cousinen ihm gab.

„Das ist bescheuert", murmelte Aubrey und schüttelte ihren Kopf vor Ekel. Sie verließ ihre Mutter und nahm zwei kühle Biere mit, während sie zu Emmie zurückging.

„Ist da irgendwas los?", fragte Emmie, als Aubrey sich hinsetzte.

„Nee. Nichts Interessantes", erwiderte Aubrey.

Sie prosteten sich mit ihren Bierdosen zu und tranken und lehnten sich zurück und genossen die Show.

15

Als James Eriksons, aktueller Alpha von Aubreys Rudel mit einem kleinen Gefolge kam, wurde Aubrey nervös. Erikson brachte seine Partnerin und eine Herde an jungen, wählbaren Frauen aus seiner eigenen Familie mit. Aubrey winkte Therese, James Tochter, zu. Die schöne, kurvige Brünette war süß, klug und temperamentvoll; ihre Persönlichkeit des Mädchens von nebenan gemischt mit ihrem guten Aussehen machten sie zum Inbegriff des „It" Girls. Aubrey hatte Therese seit der Kennlernparty der Beran

Familie nicht mehr gesehen, aber ihre Anwesenheit hier konnte nur eins bedeuten.

Anscheinend war Luke eine heißere Ware, als Aubrey erkannt hatte. Abgesehen von einem Fang, wie Val erwähnt hatte, war er in der Position der Macht. Als der älteste Sohn von Josiah Beran hatte er das Potenzial, die Affäre jedes Berserkers im Pazifischen Nordwesten zu regeln. Mit seinem Militärhintergrund, war er ohne Zweifel ein starker Anwärter in den Augen jedes Alphas.

Dieser Gedanke ließ Aubrey erkennen, dass sie Luke nie gefragt hatte, ob er geplant hatte die Nachfolge seines Vaters anzutreten. Der Gedanke brachte sie aus der Fassung; Aubrey hasste den Gedanken an gesellschaftliche Versammlungen, etwas, was zu der Rolle eines Alpha Partners dazugehörte.

„Das wird ernst", sagte Emmie und nickte in Richtung James, während sie zum Picknicktisch ging. Mit Aubreys zustimmendem Nicken hatte sogar die süße Emmie sich Luke vorgestellt, neugierig über seine Anwesenheit.

„Irgendwelches Glück bei Luke?", fragte Aubrey und hielt ihre Stimme neutral. Eifersucht brannte in ihr, aber sie hatte kein Recht dazu, irgendwas zu sagen.

„Wirklich?", seufzte Emmie und trommelte mit ihren Fingernägeln auf den Tisch.

„Was?", fragte Aubrey und riss ihren Blick von dort los, wo James Luke Theresa vorstellte.

„Hör auf, so zu tun, als wenn es dir egal ist. Ich habe gesehen, wie er dich angesehen hat, als er angekommen ist, ganz intensiv. Und du kannst aufhören so zu starren, so …" Emmie wedelte mit der Hand.

„Ich bin nur daran interessiert, was hier vor sich geht. Alle anderen schauen auch zu", sagte Aubrey. Es stimmte, jede einzelne Person im Hof beobachtete Lukes Zusammentreffen mit James und Aubreys Vater mit großem Interesse.

„Oh, hier kommt er!", quietschte Emmie.

Luke kam geradewegs auf ihren Tisch zu, Wut lag in seinem Blick. Alle schauten ihn immer noch an, mehrere Frauen sahen verstimmt aus.

„Würdest du uns entschuldigen?", fragte er Emmie. Sie eilte davon und stellte sich neben ihre Mutter und ließ Aubrey mit Luke alleine. Obwohl sie mehrere Meter von den anderen getrennt standen, fühlte Aubrey das schwere Gewicht der Kontrolle ihrer Clan Mitglieder.

„Aubrey, was ist hier los?", fragte Luke und verschränkte seine Arme und lehnte sich gegen den Tisch. Aubrey räusperte sich und schob die leere Flasche weg, mit der sie gespielt hatte.

„Es scheint, als wenn du umworben wirbst", sagte Aubrey und presste ihre Lippen in eine harte Linie.

„Wenn das deine Vorstellung von –",

begann Luke und hielt inne, als Aubreys Vater auftauchte und eine Hand auf seine Schulter legte. James Erikson stand direkt hinter ihm und sah Unheil verkündend aus.

„Wir haben zwei Angebote für dich", sagte Jack Umbridge und verhielt sich, als wenn Aubrey unsichtbar wäre. „Meine Nichte Leslie ist ... angetan von dir."

„Oder meine Therese", unterbrach James. James und Aubreys Vater standen Schulter an Schulter gegenüber von Luke und Aubrey konnte sie nur wie ein kleines Kind anstarren. „Beide wären eine tolle Wahl. Es würde unsere Clans zusammenbringen."

Aubreys Kiefer fiel herunter. Die bloße politische Manipulation hier war erstaunlich. Sie sah Luke an, der mit jedem Moment gereizter aussah.

„Ich muss nur kurz mit Aubrey sprechen", sagte er. „Alleine."

„Nein", sagte ihr Vater, seine Stimme

und sein Blick wurden flach. „Leslie oder Therese."

Die heiße Blondine oder die atemberaubende Brünette? Fragte sich Aubrey und wurde wütend. Luke versuchte, sich zu bewegen, um Aubreys Gesicht zu sehen, aber die zwei Alphas bewegten sich sofort, um sie ganz abzuschirmen.

„Ich kann so etwas nicht innerhalb von ein paar Minuten entscheiden", sagte Luke und sein Frust war hörbar. „Ich wusste nicht einmal, dass dies eine Veranstaltung zur Partnersuche ist."

„Wirst du mit einen von ihnen ausgehen?", wollte James wissen.

Es gab eine lange Stille, jede Sekunde davon ließ Aubreys Bauch mehr in Aufruhr geraten. Sie stand vom Tisch auf und wollte nichts weiter hören. Sie drehte sich um und floh in Richtung Einfahrt. Sie musste zu ihrem Auto und hier herauskommen, ehe es noch beengender hier für sie wurde.

„Wage es nicht, dich zu bewegen",

hörte sie die laute Stimme ihres Vaters hinter sich. Tränen brannten in ihre Augen, aber sie weigerte sich, zurückzuschauen. Eine kleine Stimme in ihrem Kopf, sagte ihr, sich umzudrehen, Luke zu sagen, dass sie an ihm interessiert war, dass sie sich um ihn sorgte … Aber wenn sie sich nicht zu einer Partnerschaft durchringen konnte, dann wäre das falsch. Aubrey sprang ins Auto und floh, wissend, dass sie ihr Schicksal und wahrscheinlich auch Lukes damit besiegelte.

16

Luke lehnte sich gegen die Seite seines gemieteten Autos und beobachtete die Vordertür des Sunnyside Frauenzentrums. Er wippte ungeduldig mit dem Fuß, froh, dass er zumindest wieder an der frischen Luft war.

Er war direkt hier her gekommen nach seinem Flug aus Portland, all die Geräusche und die Fremden und das Anstehen in der Schlange, hatten ihn beinahe umgebracht. Um das Ganze noch zu toppen, hatte seine offensichtliche Unruhe wieder einmal die Aufmerksamkeit der Flughafensicherheit auf sich gezogen und das hatte sich in langen, sorgfältigen Überprüfungen und Fragen geäußert. Sein Bär war so nahe an der Oberfläche, dass er brüllte, um frei gelassen zu werden. Da wäre nichts Gutes bei herausgekommen.

Sein Handy summte in seiner Tasche und er überprüfte es und fand eine Nachricht von Aubreys Freundin Valerie.

Mach dich bereit. Sie kommt, stand da.

Luke räusperte sich und stieg aus dem Auto, als sich die Vordertür öffnete. Aubrey erschien, gekleidet in einem hellblauen Kleid und roten Stöckelschuhen. Ihre langen Haare waren zu einem dicken Zopf gebunden, der auf einer ihrer Schultern lag und Luke konnte sich nicht erinnern, dass sie jemals schöner ausgesehen hatte.

Sie jonglierte einen riesigen Stapel Akten in einem Arm zusammen mit einer Einkaufstasche und einem Geldbeutel und sah auf den Boden, als sie in seine Richtung ging. Erst als sie fast auf der Höhe seines Autos war, schaute sie hoch, stolperte und ließ beinahe ihre Papiere fallen.

„Luke, was –" Aubrey unterbrach sich selbst und schüttelte ihren Kopf. „Solltest du jetzt nicht mit einer meiner Cousinen turteln?"

Luke runzelte die Stirn und schüttelte seinen Kopf. Er würde nicht zulassen, dass sie hier auf der Straße einen Streit begann.

„Ins Auto", befahl er und lehnte sich hinüber, um die hintere Tür zu öffnen. „Gib mir deine Sachen, ich packe sie für dich ein."

„Wie bitte?", fragte sie. Er liebte den überraschten Blick auf ihrem Gesicht, gerade als sie nahe dran war, ihn in Stücke zu reißen.

„Steig ein", wiederholte er.

„Ich glaube nicht", keifte sie und drehte sich um, um zu gehen. Sie rannte direkt in Valerie, die hinter ihr ging und eine kleine Reisetasche trug. Bei Valeries erwartungsvollem Blick knurrte Aubrey.

„Ihr beide habt euch abgesprochen?", kreischte Aubrey und stampfte mit dem Fuß auf. „Das ist doch bescheuert! Du bist so eine Verräterin."

Valerie verschränkte ihre Arme und zog eine Augenbraue hoch und warf Aubrey einen strengen Blick zu.

„Ich erinnere mich daran, dass du das gesagt hast", antwortete Valerie.

„Also? Was soll das?", fragte Aubrey aufgeregt.

„Steig ins Auto und ich sage es dir", sagte Luke.

Aubrey schob ihre Akten in Valeries Arme und drehte sich um, um Luke gegenüberzutreten. Sie war ein Hitzkopf und Luke musste zugeben, dass er sie gerne so sah. Es gefiel ihm sogar mehr als gut. Er konnte ihren Bär aufsteigen fühlen, er brachte seinen eigenen an die Oberfläche und in seinem zu langen andauernden zölibatären Zustand, erregte es ihn auf einem grundlegenden Level.

Ehe sie noch den Mund öffnen konnte, um weiter zu protestieren, trat Luke nach vorne und griff sie an der Taille. Er zog sie an sich, er tat das, nachdem er sich schon in der Sekunde gesehnt hatte, seitdem sie ihm aus ihrem Haus geworfen hatte: Er küsste sie. Er lehnte sich hinunter und presste seine Lippen fest gegen ihre und hielt sie fest. Für einen kurzen Moment widerstand sie, ihr Körper spannte sich an, als wenn sie ihn wegschubsen wollte.

Dann wurde ihr Mund unter seinem weich, ihre Arme reichten zu seinen Schultern. Ihre Lippen teilten sich mit einem Seufzen und ihre Zunge suchte seine. In Sekunden war der Kuss tief und wild, und hinterließ sie beide keuchend. Aubrey stöhnte an seinen Lippen und Luke musste sich zusammenreißen, um ihr nicht die Kleidung vom Leib zu reißen und sie direkt hier auf dem Bürgersteig zu nehmen. Sein Bär entspannte sich endlich ein wenig und ließ Luke zum ersten Mal seit Tagen wieder leicht atmen.

Obwohl er Aubrey am liebsten nie wieder loslassen würde, verlangsamte Luke seinen Kuss und zog sich zurück, er schaute in ihre begehrenswerten Augen.

„Steig ins Auto Aubrey", sagte er sanft. „Wir gehen auf eine Reise."

„Ich kann nicht", keuchte sie. „Ich muss arbeiten und ich habe nichts gepackt."

„Das habe ich gemacht", unterbrach Val sie und wedelte mit einer Hand, um Aubrey daran zu erinnern, dass sie auch noch da war. „Ich bin heute Mittag bei dir zu Hause gewesen und habe deine Tasche gepackt. Und ich werde dich für ein paar Tage vertreten, egal wie lange du brauchst."

Aubrey trat zurück und schaute Luke mit einem Blick an, der mit Angst und Sehnsucht vermischt war.

„Was ist hier los?", fragte sie.

„Ich nehme an, du musst ins Auto steigen, um das herauszufinden", sagte er schulterzuckend und versuchte cool zu bleiben.

Nach einer qualvollen Minute seufzte Aubrey und akzeptierte die Reisetasche, die Valerie ihr hinhielt. Luke grinste, während er sie in den Beifahrersitz drückte und ihre Tasche in den Kofferraum packte. Sein Herz fühlte sich leicht an, obwohl er wusste, dass das erst der erste Schritt war. Der schwerste Teil stand noch aus.

17

Aubrey war die meiste Zeit der einstündigen Fahrt bis zur Küste ruhig. Luke trommelte mit seinen Fingerspitzen auf das Lenkrad und wechselte den Gang ein halbes Dutzend Mal, er fühlte sich unruhig. Die Stadt zerrte an ihm und machte ihn trotz Aubreys ruhiger Anwesenheit unruhig. Sein Aufenthalt in Portland war nicht so gut gelaufen; er war zurückgekommen und hatte beinahe eine schwerwiegende Panikattacke am Flughafen bekommen.

Aubrey lächelte ihn jedes Mal an,

wenn er versuchte, sich zu unterhalten, also sagte er gar nichts. Sie löste ihr langes Haar auf und strich damit durch ihre Finger und füllte das Auto mit ihrem warmen Duft. Luke wandte sich alle paar Minuten in seinem Sitz, er schämte sich, dass ihr Geruch ihn so hart wie Stein machte.

Als Luke vom Highway abfuhr und in eine leicht bewaldete private Auffahrt einbog, schaute sie aus dem Fenster, aber konnte nichts sehen. Er hielt das Auto am Ende der Straße an, eine ruhige Stelle, wo die Bäume nur ein paar Meter vom Ozean entfernt waren.

„Das sind wir", sagte Luke und sprang aus dem Auto. Er öffnete den Kofferraum und zog ein Zelt, zwei Kühlboxen und eine Reisetasche hervor, die Aubreys ähnlich sah. Er sprang herum, die Spannung in ihm baute sich auf, baute restlose Energie auf, bis er dachte, er würde explodieren.

„Ist das ein Zelt?", fragte sie und schaute ihn argwöhnisch an.

„Klar. Keine Sorge", sagte er und holte eine dicke Schaumstoffunterlage aus seinem Kofferraum. „Es wird recht gemütlich werden."

„Ich campe nicht wirklich", sagte Aubrey und schaute missbilligend ihre hochhackigen Schuhe an.

„Ah, ja. Valerie hat dir ein paar Schuhe eingepackt", sagte Luke und überreichte ihr ihre Tasche. Aubrey öffnete sie und zog ein paar rosa Flip Flops heraus. Sie zuckte zusammen und zog an einem Stück roten Satin in der Tasche. Ihre Augen leuchteten nach einer Sekunde vor Erkenntnis, aber sie wurde nur rot und murmelte etwas Fieses über ihre Freundin, als sie die Tasche schloss. Sie ließ ihre Schuhe im Auto und glitt in die Sandalen.

Sobald sie fertig war, führte Luke sie zu ihrem Ziel. Ihr Zuhause für die Nacht, war eine breite Holzplattform mit vier hohen Eckpfosten. Es stand direkt unter den ersten Reihen der

Bäume und schaute über den weißen Sandstrand.

„Okay. Es gibt Getränke in der blauen Kühltasche", sagte Luke. „Setz dich einfach hin und schau mir beim Arbeiten zu."

Aubrey gehorchte und in Minuten hatte Luke eine dicke Plane an die Pfosten gebunden. Er stellte das Zelt schnell auf und legte die Schaumstoffmatte hinein. Dann ging er wieder zum Auto und holte einen ganzen Arm voll weicher Decken, die er in das Zelt legte.

„Was denkst du?", fragte er und zeigte auf das Zelt.

„Sehr schön", gab Aubrey zu und ein Lächeln umspielte ihre Lippen.

„Noch nicht fertig!", sagte Luke. Er sammelte schnell einen riesigen Stapel Feuerholz und bereitete alles für ein Lagerfeuer vor, das er nach der Dunkelheit geplant hatte. Er stellte all die Taschen und Kühlboxen an ihre Stellen, und weigerte sich dabei, Aubreys Angebot zu helfen anzunehmen. Sobald er fertig war, zögerte er und rollte seinen Nacken, er versuchte, ein wenig von der Spannung in seiner Schulter und seinem Rücken loszuwerden. Er hatte gedacht, dass aus der Stadt rauskommen, seinen Bären beruhigen und seine eigenen Nerven erleichtern würden, aber es hatte kein bisschen geholfen.

„Hey", rief Aubrey und saß auf der Plattform neben dem Zelt. „Komm setz dich mal kurz zu mir."

Luke schaute sie an und bewunderte die Art, wie ihr langes Haar in der frischen salzigen Luft flatterte, die frühe Abendsonne brachte die Strähnen wie Feuer zum Glühen. Er ging hinüber und setzte sich neben sie.

„Was ist mit dir los?", fragte sie und warf ihm einen strengen Blick zu.

„Nichts", antwortete er und seine Wörter hatten dieselbe automatische Abwehr, die er bei jedem in seinem Leben benutzte.

„Blödsinn", sagte sie und schüttelte ihren Kopf. „Du bist so … angespannt.

Du bist verwundet, seit ich dich gesehen habe."

Luke stieß seinen Atem aus. Er war nicht bereit, diese Last auf Aubreys Schultern zu legen.

„Es war einfach eine lange Woche, das ist alles", sagte sie. Es hörte sich lahm an, selbst in seinen eigenen Ohren.

„Du musst dich verwandeln", sagte Aubrey.

„Es ist … es kann warten", sagte er.

Aubrey hüpfte von der Plattform und warf ihre Flip Flops in den Sand. Sie drehte sich um und ging in den Wald und schaute traurig an. Als ihr Kleid ein paar Meter weiter auf den Boden fiel, konnte Luke nicht anders und folgte ihr. Er zog sich aus und veränderte sich in seine Bärenform, hörte das bekannte Knacken und Schnappen seiner Knochen, während sie sich irgendwo außerhalb seiner Sicht verwandelte.

Aubrey kam in ihrer Bärenform zu

ihm. Er wurde still, als er sie sah. Bemerkte das gelbbraune Fell auf ihrer Brust, das vom Rest ihres dicken, dunklen Fells herausstand. Sie war ein Sonnenbär, etwas, das er nicht erwartet hatte. Aubrey war viel kleiner als seine eigene Grizzly Form, in dieser Form war sie wahrscheinlich nur zwei Drittel seiner Größe. Sein Bär mochte sie sofort und erkannte sie ohne Schwierigkeiten.

Aubrey machte ein weiches Schnauben, drehte sich, und lief in die Wälder und überließ es ihm, ihr zu folgen. Luke folgte, erkannte, dass beide, sein Mensch und sein Bär völlig verloren waren bei Aubrey Umbridge.

18

Luke packte die Reste des Abendessens weg und verstaute sie ihm Auto. Er kam wieder zu Aubrey zurück und stöhnte, als er sich neben ihr auf die Zeltplattform setzt. Mit einer weichen Wolldecke die unter ihnen lag und dem Feuer, das ein paar Meter weiter brannte, war das Sitzen und Beobachten der letzten Sonnenstrahlen ein gemütliches Erlebnis.

„Kaputt", fragte Aubrey und ihre Stimme klang neckisch.

„Ja. Ich bin nicht wirklich mehr in

meiner Bärenform gelaufen, seit ich im Haus meiner Eltern war", gab er zu.

„Es ist schwer, viel zu laufen, wenn man in der Stadt lebt", sagte Aubrey und ihre Stimme klang weise. „Ich muss auf das Land meines Clans gehen. Es nervt ein wenig, dafür Zeit in meinem Zeitplan zu schaffen."

Luke nickte, obwohl er bis jetzt noch gar keinen großen Zeitplan hatte, um den er sich Sorgen machen musste.

Sobald er erst einmal einen Job in der Stadt angenommen hatte und eine Routine hatte, würden die Dinge schwerer werden.

„Die Fahrt nach Portland war ziemlich schwer. Ich hätte James Erikson anrufen und um Erlaubnis bitten sollen, auf seinem Land zu laufen, ehe ich gegangen bin. Ich wollte nur einfach nicht mit einem Überraschungsdate mit seiner Tochter enden", witzelte Luke.

„Es ist schwer, nein zu Therese zu sagen", sagte Aubrey und verschränkte ihre Finger mit seinen in seinem Schoß.

„Nicht für mich, das ist es nicht. Sie ist sehr nett, aber sie ist nicht du."

Aubrey schaute ihn an, ihre Augenbraue hob sich, aber sie antwortete nicht direkt. Stattdessen wechselte sie das Thema.

„Du hast viele Frauen auf der Party meines Vaters getroffen."

„Das war vielleicht ein Ereignis. Als dein Vater mich gerufen hat, dachte ich – Na ja ich war nicht sicher, was ich dachte. Ich hatte gehofft, er würde versuchen, uns zusammen in ein Zimmer zu bringen. Es dauerte nicht lange bis ich gemerkt habe, dass ich damit total falsch lag", sagte Luke mit einem Kichern.

„Ich habe mich gefragt, wie du dort hingekommen bist", sagte Aubrey und presste ihre Lippen aufeinander.

„Ja. Dein Vater ist ziemlich überzeugend, wenn er will."

„Kein Witz", sagte Aubrey. „Er ist der Grund, warum ich überhaupt zu dieser dummen Kennlernparty gegangen bin.

Keine Beleidigung deiner Familie oder so aber diese Art von gezwungener Interaktion ist nichts für mich."

Luke lächelte. Er nahm einen tiefen Atemzug und erkannte, wie viel besser er sich fühlte, nachdem er gelaufen war und von dem auf dem Feuer gegrillten Lachs und Gemüse gegessen hatte. Wie bei jedem Bär wurde sein Leben außergewöhnlich schwer, wann immer er ein wenig hungrig war.

„Meine Mutter liebt es, Scheunenpartys zu feiern, aber dieser Speed Dating Aspekt davon war nicht ihre Wahl. Mein Dad hat diese Dienste angeboten."

„Hah! Meine Mutter würde ausflippen. Mein Vater ist vielleicht ein Alpha, aber das Haus ist die Domäne meiner Mutter. Sie führt den Laden."

„Meine Mutter streitet nie mit meinem Vater vor anderen, nicht einmal vor mir und meinen Brüdern, aber sie organisiert unsere Leben. Sie ist diejenige, die mich zu dem Interview in Portland gebracht hat. Das Unternehmen gehört einem Freund des Clans, jemand, der im technischen Bereich der Security arbeitet."

„Das machst du?", frage Aubrey und Luke nickte.

„Ich mache die Hardware Sachen, all die Gadgets."

„Das hast du in der Armee gemacht?"

„Ja. Zehn lange Jahre meines Lebens", sagte Luke.

„Also … Portland, hm? Wenn du den Job nimmst, dann wirst du recht weit weg von San Francisco sein."

Luke kicherte.

„Es gefällt mir, dass du annimmst, dass ich den Job bekommen habe."

„Na ja, das hast du doch oder?", sagte Aubrey. Es war schön, dass sie sich so sicher dabei war.

„Ich meine, vielleicht. Wenn ich ihn bekommen habe, dann wegen meiner Familienverbindung. Ich habe das Vorstellungsgespräch vergeigt, ziemlich vergeigt."

Aubrey schaute mit großen Augen zu ihm hoch.

„Wie?", fragte sie, als wenn so eine Sache unmöglich wäre.

„Ich hatte eine Panikattacke fünf Minuten, bevor ich hineingegangen bin. Es war so viel Druck und ich habe über Dinge mit dir nachgedacht und ich habe Rauch gerochen ..." Er seufzte. „Es hat sich herausgestellt, dass jemand eine Tür offengelassen hatte und dass draußen ein Foodtruck stand. Aber ich bin ausgeflippt."

„Ich bin mir sicher, dass es nicht so schlimm war", sagte Aubrey und legte ihre Hand über seine.

Luke warf ihr ein halbes Lächeln zu.

„Du warst nicht da. Es war nicht gut."

Er zögerte, er war sich unsicher, ob er seine Bewältigungstechnik teilen sollte.

„Was?", fragte Aubrey und schaute ihn sich genau an.

„Das hört sich jetzt vielleicht dumm

an, aber ich habe unsere Zeit in San Diego genutzt, um meine Panikattacken zu beseitigen", sagte er.

„Wirklich?", fragte sie und sah amüsiert aus.

„Ja. Ich habe darüber nachgedacht, während ich im Bett lag, beim Essen von Steaks vom Roomservice mit dir."

„Und du hast diese Apfelschorle getrunken anstatt des Champagners", kicherte Aubrey und schwelgte in Erinnerungen.

„Ja. Wenn überhaupt hat mein Whiskyerlebnis bei der Kennlernparty meiner Mutter mich darin gestärkt, dass ich ein echter Nichttrinker bin", sagte er.

Aubrey wurde still bei der Erwähnung der Kennlernparty, ein Dutzend negativer Emotionen glitten über ihr Gesicht.

„Kann ich dich etwas fragen?", sagte Luke.

„Klar", Aubrey zuckte zusammen, ihre gute Laune war weg.

„Nachdem du vom Haus deiner Eltern weggegangen bist, hat dein Vater mich in eine Ecke gezogen und mir eine Ansprache gehalten. Er war angriffslustig. Er hat mir nicht viele Details erzählt, aber er hat etwas erwähnt. Er sagte „wegen Lawrence", etwas über irgendeinen Mann namens Lawrence."

Als Aubrey zusammenzuckte bereute Luke seine Wörter sofort. Sicherlich würde sie sich jetzt zurückziehen, nicht mehr weiterreden wollen. Stattdessen schaute sie ihn an, in ihren Augen glitzerten die Anfänge von Tränen.

„Ich denke, ich muss ein wenig was erklären", sagte sie und ihre Stimme brach. Als Luke seinen Mund öffnete, um sie zu beruhigen und ihr zu sagen, dass sie es nicht erklären musste, schüttelte sie ihren Kopf.

Luke konnte nichts anderes tun, als sich zurückzulehnen und darauf zu warten, dass sie ihre Geschichte darlegte.

19

Aubrey atmete tief ein und wandte ihren Blick von Lukes Gesicht ab. Es war Zeit, dass sie ihre Geschichte erzählte, damit er daraus machte, was er wollte.

„Lawrence ist Lawrence Matheison", begann sie und hielt inne.

„Wie der Matheison Clan in Chicago?", fragte Luke. Aubrey zwinkerte und nickte langsam. Luke war viel zu clever.

„Das gleiche. Er ist Anders Matheisons einziger Sohn, der Erbe des Alpha Titels."

Luke nickte, aber sagte nichts weiter. Er griff nach ihr und nahm ihre Hand, schlang ihre Finger um seine warmen eigenen Finger. Aubrey rieb ihre Finger gegen seine und genoss die weichen Schwielen. Luke war stark und er arbeitete mit seinen Händen, wenn er konnte. Er war Salz der Erde, überhaupt nicht wie Lawrence.

„Er sieht wirklich gut aus", gab Aubrey zu. Und lächelte beinahe bei der Art, wie Luke sich anspannte und bei ihren Worten durch die Zähne pfiff. „Beruhig dich. Ich sage dir nur, dass das Teil seines Charmes war. Er lässt jeden wissen, dass er jedes Mädchen auf der Welt haben könnte und als er mich ansah ... ich schäme mich, das zuzugeben, er hat mich verzaubert. Ich war jung und einfach beeindruckt."

Sie nahm einen weiteren Atemzug, ehe sie fortfuhr.

„Er hat mich irgendwie umgehauen. Blumen, Süßigkeiten, tolle Dates. Er hat mich auf die Jacht seines Vaters mitgenommen, er hat mir immer gesagt, wie glücklich ich sein könnte, was für ein besonderes Mädchen ich bin. Das wollte ich so unbedingt hören. Mit all diesen wunderschönen Cousinen aufzuwachsen, die du getroffen hast ..." Aubrey ließ seine Hand los.

Luke zuckte verhalten die Schultern. „Na ja, er hat mich verblüfft. Es ist lustig, weil er mir eigentlich gar nicht die Dinge gegeben hat, die ich in einer Beziehung wollte. Am fünften Tag ist er auf die Knie gegangen, hat mir einen großen Ring versprochen, all das. Aber er lebte nicht mit mir. Er hat nicht an Versammlungen mit meiner Familie teilgenommen, nur an seiner. Er hat immer davon gesprochen, dass er nach Chicago ziehen würde und er hörte auf nichts anderes."

„Und du hast das zugelassen?", fragte Luke und sah amüsiert aus. „Das kann ich mir nicht vorstellen."

„Ich hatte Bedenken, aber alle anderen waren so aufgeregt. Meine Eltern waren total glücklich und die

Matheisons waren so nett zu mir. Lawrence hat mich für eine Woche nach Chicago mitgenommen und mich die meiste Zeit bei seiner Mutter abgestellt, und uns dazu gedrängt diese riesige Hochzeit zu planen. Das war nicht das, was ich wollte, aber alle sagten mir, dass die zwei Clans durch eine Ehe vereint werden sollten, dass das ein wichtiges soziales Ereignis wäre. Ich fühlte mich wichtig und ich war darin gefangen.

Sie hielt einen Moment inne und erinnerte sich.

„Im Rückblick hat Lawrence sich damals nicht richtig verhalten. Er hat über meine Vorschläge gelacht und sie dumm genannt. Ich habe es abgewendet. Er hat schrecklich viel geflirtet, hat immer mit anderen Frauen gesprochen, aber wenn ich wütend wurde, dann hat er mich einfach umschmeichelt, bis ich das Thema fallengelassen habe. Der große Warnhinweis war, dass er mich kaum angefasst hat, egal wie romantisch die Dates waren. Er sagte, er würde bis zur Hochzeit warten.

So eine Lüge, aber ich glaube, ich habe damals nicht daran gedacht. Ich glaube, seine Mutter hat ein paar Mal versucht, mich zu warnen. Sie hat mir immer merkwürdige Fragen gestellt, aber sie war völlig eingeschüchtert von Lawrence und ihrem Partner. Ich habe sogar einmal gesehen, wie Lawrence sie gegriffen und ihr den Arm umgedreht hat, aber sie hat sich so verhalten, als wenn das keine große Sache wäre … da wusste ich, dass die Dinge nicht funktionieren würden."

„Also hast du Schluss gemacht", riet Luke.

„Na ja ich habe ihn mit seinem Verhalten konfrontiert und er ist ausgerastet. Er hat seine süße Verlobtenhaltung aufgegeben und mich auf übelste beschimpft. Er hat mir gesagt, wenn ich ihm Ärger machte, dann würde ich es bereuen. Das war … vier Tage vor unserer Hochzeit."

Lukes Kiefer spannte sich an und seine Hände verkrampften sich.

„Er hört sich an wie ein Arschloch."

„Ja, na ja. Er hat sich am nächsten Tag entschuldigt, aber ich wusste, ich musste meinen Eltern sagen, was hier los ist. Als sie nach Chicago gekommen sind, habe ich mich mit ihnen hingesetzt und ihnen gesagt, was ich gesehen habe. Mein Vater ist ausgeflippt, fast so schlimm wie Lawrence, er hat mir gesagt, ich soll ruhig sein. Meine Mutter war sympathischer, aber sie hat mir auch versichert, dass ich nur kalte Füße bekomme."

„Das ist ... ich weiß nicht, was ich dazu sagen soll", sagte Luke und seine Augen zwinkerten mit ansteigender Wut.

„Sie wissen es auch nicht bis heute", versicherte Aubrey ihm. „Ehrlich, das Ganze wäre vielleicht durchgezogen worden, ohne Rücksicht auf meine Wünsche. Es ist einfach lawinenartig angewachsen, bis ich nichts weiter tun konnte, um es aufzuhalten."

„Ich hoffe, du hast den Arsch am Altar stehen lassen", grummelte Luke.

„Wir sind gar nicht so weit gekommen. Lawrence ist vom Probedinner verschwunden, dieses schicke Ereignis. Als ich aufgestanden bin, um nach ihm zu schauen, habe ich ihn in einem der hinteren Räume des Festsaals gefunden, mit seinem Schwanz in einer der Brautjungfern, die er für mich ausgesucht hatte. Angeblich eine Freundin aus der Kindheit."

„Ich nehme an, er hat das öfter gemacht?", fragte Luke.

„Nicht im Geringsten. Er hat Gift und Galle gespuckt. Er hat mich fett und wertlos genannt, er hat mir gesagt, dass ich mich besser daran gewöhne, dass er das tut, was er möchte, weil ihn keine Partnerin jemals binden würde. Er sagte mir, dass ich nichts wäre, als Mittel zum Zweck, um über zwei Clans zu herrschen, irgend so einen Scheiß. Er hat nach mir gegriffen und mir wehgetan, genauso wie er es mit seiner Mutter gemacht hatte. Ich habe versucht, mich zu wehren, aber ich war so überrascht. Ich habe nicht einmal daran gedacht, mich zu verwandeln", sagte Aubrey und ihre Scham war offensichtlich. Ich habe mich in meinem ganzen Leben noch nie so erniedrigt gefühlt. Dann kam mein Vater und musste Lawrence von mir ziehen."

„Und dein Vater hat ihn nicht sofort getötet?", grunze Luke.

Aubrey schaute ihn an. Seine Augen leuchteten jetzt, das Gelbe in seiner Iris stand heraus, seine Wut war so groß, dass Aubrey es tatsächlich in der Luft riechen konnte, es wirbelte um sie herum und war schon fast würgend dick. Sie streckte ihre Hand aus und streichelte damit seinen Arm, erleichtert, dass ihre Berührungen ein wenig von seiner gewaltsamen Stimmung nehmen konnten.

„Um ehrlich zu sein, ich dachte, wir

waren einfach beide so beschämt. Mein Vater fühlte sich schlecht, weil er mir die ganze Sache aufgedrückt hatte und nicht zugehört hatte, als ich ihm gesagt habe, was hier vor sich ging. Und ich … ich war einfach nur zerstört. Es hört sich dumm an, aber ich dachte, es wäre alles meine Schuld. Wenn ich besser gewesen wäre, dann hätte Lawrence mich vielleicht gewollt, weil ich so bin wie ich bin."

„Gott", sagte Luke und schien überwältigt.

Aubrey zögerte und erkannte, dass dies der Moment war. Sie hatte ihm ihre halbe Geschichte erzählt und er hatte kaum mit den Augen gezuckt. Wenn sie ihm alles erzählte, würde er vielleicht gehen, aber zumindest würde sie sich ehrlich fühlen. Sie schuldete ihm die Wahrheit.

„Es war nicht alles schlecht. Ich habe sogar Valerie durch eine Unterstützungsgruppe für Opfer von Missbrauch kennengelernt. Sie hat mich zum Sunnyside gebracht für Freiwilligenarbeit und am Ende arbeiten wir jetzt beide da. Sie hat mein Leben verändert, aber nicht unbedingt zum Schlechtesten", sagte sie.

Sie atmete tief ein und verschlang ihre Finger mit Lukes und schaute ihm in die Augen.

„Das war nur ein paar Monate, ehe ich dich getroffen habe", sagte sie ihm. „Und ... es gibt noch mehr über die Geschichte, um ehrlich zu sein."

Lukes Mund öffnete sich und schloss sich wieder. Aubrey konnte nicht anders und musste lächeln, weil sie, obwohl er eher der ruhigere Typ war, ihn noch nie sprachlos gesehen hatte. Sogar als er lächelte, schwellten Tränen in ihren Augen, als die Wörter sich auf ihren Lippen formten.

„Ich habe auch darüber nachgedacht, dich zu finden", gab sie zu. „Tatsächlich habe ich es geplant. Ich hatte sogar ein Treffen mit einem Privatdetektiv, der dich vielleicht finden könnte."

„Aber das hast du nicht", sagte Luke und wandte seinen Kopf auf die Seite, um sie näher zu betrachten.

„Nein. Ein paar Wochen später nach unserem Wochenende habe ich meine Tage nicht bekommen."

Aubrey holte tief Luft und ließ sie heraus, wissend, dass es jetzt keinen Weg mehr zurück gab, sie musste das alles raus lassen. „Ich bin zur Ärztin gegangen und sie hat mir die Schwangerschaft bestätigt."

Lukes Augenbrauen schossen hoch, seine Überraschung war gepaart mit einem Hauch Argwohn.

„Ich war nicht in der richtigen Verfassung in meinem Leben, um ein Kind zu bekommen. Nach der Sache mit Lawrence und dann werde ich schwanger von einem praktisch Fremden …"

„Wir waren keine Fremden. Nicht nach der ersten Nacht, die wir zusammen verbracht haben", sagte Luke und seine Stimme wurde heiser.

„Lass mich einfach … ich muss dir

alles erzählen. Ich wusste, ich konnte kein Kind bekommen. Ich wusste, meine Eltern würden mich bedrängen, es zu behalten, dass ich dann an sie gebunden sein würde oder an dich, wenn ich dich jemals finden würde. Ich ... ich konnte es einfach nicht. Also habe ich einen Termin gemacht, um die Schwangerschaft zu beenden."

Aubrey atmete lang und tief aus.

„Ich will nichts Weiteres hören, Aubrey. Das ist ... ich weiß nicht", sagte Luke. Die Verletzung in seinem Ausdruck brach ihr das Herz, aber sie wollte, dass er es verstand.

„Ich bin nie zu dem Termin gegangen", sagte sie und schüttelte ihren Kopf. „Nach all dem konnte ich es trotzdem nicht tun. Ich hatte meine Meinung geändert, ich hatte mich entschieden, das Baby zu bekommen und es zur Adoption frei zu geben."

„Versuchst du mir zu sagen, dass ich da irgendwo ein Kind draußen habe, das bei Fremden lebt?" sagte

Luke und seine Stimme stieg gefährlich an.

„Nein. Nein, leider nicht. Ich hatte im dritten Monat eine Fehlgeburt", sagte Aubrey und ihre Stimme zitterte. Die Tränen kamen und rollten über ihr Gesicht und sie schloss ihre Augen.

„Du …" begann Luke, dann hielt er inne. Er stand auf und wischte sich den Dreck ab und fuhr sich mit der Hand über sein Haar. „Ich … ich muss mal kurz eine Runde gehen. Bitte bleib hier und gehe nirgendwo hin."

Der Blick auf seinem Gesicht ließ Aubrey wie erstarrt an ihrer Stelle sitzen bleiben. Sie nickte, ein Schluchzen kam über ihre Lippen, während sie ihn gehen sah. Das Gefühl in ihrer Brust, die Scham und die Reue, die sich ihren Weg aus dem tiefen, dunklen Ort in ihr suchten, drohten sie zu überwältigen. Genau so hatte sie sich im Krankenhaus gefühlt, als sie erkannt hatte, dass sie Lukes Baby verloren hatte, das Baby, was sie hatte weggeben wollen. Die Schwangerschaft, die sie ursprünglich abbrechen hatte wollen. Der Schmerz war groß, aber genauso frisch wie an dem Tag.

Sie konnte ihren Kummer nicht länger zurückhalten und Aubrey krabbelte ins Zelt und schloss ihre Augen.

20

Es war stockdunkel draußen, als Luke zurückkam, das Rauschen der Baumzweige weckte Aubrey aus ihrem erschöpften Dösen. Sie setzte sich hin und wischte sich den Schlaf aus ihren Augen, bereit sich dem zu stellen, was Luke zu sagen hatte. Als er seinen Kopf in das Zelt steckte, überraschte es sie, dass sie keine Wut in seinem Gesicht sah.

„Hi", sagte er. „Kann ich reinkommen?"

„Es ist dein Zelt", sagte Aubrey und fühlte sich dumm.

Luke kletterte hinein und setzte sich neben sie. Er streckte seine Hand aus und nahm ihre.

„Aubrey, es tut mir leid", sagte er und nahm ihr den Atem.

„W-was?", stotterte sie und war verwirrt.

„Es tut mir leid, dass dir all das passiert ist. Es tut mir leid, was mit deinem Ex passiert ist, es tut mir leid, dass ich nicht aufgepasst habe und ein Kondom benutzt habe und es tut mir leid, dass du diese Entscheidung treffen musstest", sagte er. Er drückte ihre Hand. „Niemand sollte so etwas durchmachen. Ich … ich wünschte einfach, dass du es mir eher erzählt hättest. Ich verstehe nicht, warum du so ablehnend mir gegenüber warst, wenn wir doch so eine gute Chemie haben. Jetzt glaube ich, verstehe ich das ein wenig besser."

„Ich habe dir das mit Lawrence erzählt, weil ich will, dass du verstehst, warum ich dich in San Diego verlassen habe, ohne mich zu verabschieden. Ich hatte so ein perfektes Wochenende mit dir und ich wollte, dass es so blieb. Ich habe mich so gut gefühlt und ich war nicht bereit für mehr. Es war wie eine Schneekugel, wie ein perfekter Moment gefangen in einer Blase. Ich konnte daran denken, wann ich wollte, und habe mich immer gut gefühlt damit. Das hast du mir gegeben", sagte Aubrey. „Aber ich wusste, wenn du mir näher kommst, dann müsste ich dir den Rest erzählen und dann würdest du gehen. Und ich … wirklich Luke, das wollte ich nicht."

Luke warf ihr einen langen, abschätzenden Blick zu. Für einen Moment war sie besorgt, dass er immer noch wütend war, aber stattdessen lehnte er sich hinüber und gab ihr einen Kuss auf die Lippen.

„Ich nehme an, ich habe nie so daran gedacht, wie eine Erinnerung in einer Schneekugel. Aber ich habe dasselbe gemacht. Ich habe immer an dich gedacht, wenn ich in Übersee war, und das mehr als ich gerne zugeben möchte. Nach Jordanien wusste ich, dass ich zu verstört war, um zu dir zurückzukommen. Aber ich habe dennoch die ganze Zeit an dich gedacht, ich schwöre", sagte Luke und seine Worte hörten sich sowohl wie ein Eingeständnis als auch wie eine Versicherung an.

„Oh, Luke …", seufzte Aubrey und hob ihr Gesicht. Er küsste sie noch einmal, diesmal intensiver, aber ließ sie nach einer Weile los.

„Als mein Vater uns nach Hause gerufen hat und uns von der Alpha Anordnung erzählt hat, sind meine Brüder ausgeflippt. Sie waren alle so wütend und das mit Recht. Ich war eine Minute lang angepisst und habe mich von ihrer Wut mitreißen lassen, aber dann … Dann habe ich erkannt, dass ich vielleicht eine weitere Chance habe, dich zu sehen. Ich habe auf der Kennlernparty nach dir gesucht, obwohl ich mir sicher war, dass du dich bereits mit jemand anderen niedergelassen hattest.

Ich wusste, ich hatte das Ding versaut …"

„Du hast nichts versaut. Ich hatte kein recht eifersüchtig zu sein, nicht nachdem ich dich in San Diego verlassen hatte", korrigierte Aubrey ihn.

„Dennoch, ich hätte mehr tun sollen. Ich habe geplant, dich zu finden, aber die ganze Party hat mich so ausrasten lassen. Und dann habe ich begonnen zu trinken und das Mädchen ist aus dem Nichts erschienen ..." Luke ließ seine freie Hand durch sein Haar fahren und schüttelte frustriert seinen Kopf. „Gott, als ich dich gesehen habe, habe ich den Verstand verloren. Du warst lange weg, als ich endlich nüchtern genug war, um dir nachzugehen. Ich war so sauer auf mich selbst."

„Und was ist mit … der anderen Geschichte?", fragte Aubrey ihn und schluckte.

„Ich wünschte, du hättest mich eher gefunden, und mir alles erzählt. Aber ich kann nicht sauer darüber sein, was ich selbst nicht tun konnte. Und die Schwangerschaft … Aubrey nichts davon ist deine Schuld. Du hast nichts falsch gemacht."

„Ich wollte eine Abtreibung machen", sagte Aubrey und frische Tränen bildeten sich in ihren Augen. „Ich war ziemlich rational. Ich habe einen Termin gemacht. Ich fühlte mich wie … als wenn ich das Baby verloren hatte, weil es wusste, dass es nicht gewollt war."

„Aubrey", sagte Luke und sah ernst aus. „Das stimmt nicht und du weißt es. Diese Dinge passieren eben. Wenn man sich ein Baby wegwünschen kann, dann hätten wir das jetzt wohl schon erfahren. Ich will nicht, dass du deine Zeit verschwendest und deine Energie, indem du solche Dinge glaubst. Mach dich nicht selbst damit fertig."

„Also … das ist alles? Du vergibst mir einfach?", fragte sie und wischte sich mit dem Handrücken über ihre feuchten Wangen.

„Ich habe nichts zu vergeben. Auf eine Art ist es ganz schön, bei jemandem zu sein, der seine eigene Last trägt. Ich fühle mich so weniger wertlos", sagte er und hob seine Schultern.

Aubrey lächelte und zog ihre Nase kraus.

„Das ist süß, auf eine ganz eigene Weise", sagte sie.

„Ich weiß, ich weiß. Aber jetzt ... sind wir beide hier. Und vielleicht bin ich einfach nur total verstört und vielleicht hast du Angst ‚einen Partner zu nehmen, aber ... uns liegt gerade eine ganze Welt zu unseren Füßen, Aubrey. Wir können so schnell oder so langsam machen wie wir wollen, es ist egal. Ich will einfach nur, dass wir alles zusammen machen", endete er.

„Was ist mit Portland?", fragte Aubrey.

„Vergiss Portland. Lass uns in eine Hütte in den Wald ziehen und nie wieder jemand anderen treffen. Ich kann von zu Hause aus arbeiten oder so", erklärte Luke.

„Und was ist mit meinem Job, den ich liebe?", unterbrach Aubrey.

„Aubrey Umbridge, wenn du mich haben kannst, dann werde ich überall leben, wo du willst. Ehrlich", sagte Luke außer Atem.

„Was ist mit einer Hütte am See? Oder eine wirklich laute Eigentumswohnung inmitten der Innenstadt?", fragte sie und wusste, dass er die Vorstellung hasste.

„Eigentumswohnung, Haus am See. Check und Check", sagte er mit einem Lächeln.

„Okay. Na ja ich nehme an, ich kann das Angebot ablehnen", sagte sie und klimperte mit ihren Augenlidern.

„Das ist wenig überzeugend", witzelte Luke.

Aubrey warf sich auf ihn und drückte ihren Körper gegen seinen. Sie drückte ihre Lippen auf seine, und liebte es, wie klein sie sich fühlte, als er seine Arme um sie schlang.

„Ich will dich, Luke. Jetzt", flüsterte Aubrey.

„Du hast mich Aubrey", versprach Luke ihr. „Jede Zeit am Tag oder Nacht, überall."

„Bring mich ins Zelt", seufzte sie.

Als Luke sie hochhob und hineintrug, dachte Aubrey, ihr Herz würde vor Glück zerspringen.

21

Aubrey liebte die zärtliche Sorgfalt, die Luke zeigte, als er sie auf die dicke Schaumstoffmatte legte. Seine Bewegungen waren ruhig und wohlüberlegt und Aubrey erkannte, dass sie ihren Partner noch nie so gesehen hatte, zufrieden mit sich selbst und der Welt um sich herum.

Luke streckte sich neben ihr aus, seine Finger verschlangen sich mit ihren. Er gab ihr einen langen, wohligen Kuss, Lippen und Zunge forschten mit sanftem Streicheln. Aubrey holte tief Luft und brannte bereits für ihn, obwohl sie beide noch voll angezogen waren. Luke hatte seine eigene Art das zu tun, und ließ sie mehr wollen, als sie jemals für möglich gehalten hatte.

Sie zog an seinem dünnen, grauen Pullover und zog das weiche T-Shirt hoch, ließ ihre Hand darunter gleiten, um ihre Finger über das straffe Fleisch gleiten zu lassen. Sie berührte seine Hüfte, ihre Daumen fuhren die Vene der Muskeln neben seinem Hüftknochen nach. Lukes Muskeln strafften sich und verrieten seine Sensibilität ihren Liebkosungen gegenüber, sogar als er an ihrer Unterlippe knabberte und sie an seine Dominanz erinnerte.

Aubrey zog sich zurück und zog an seinem Shirt, sie war erfreut, als Luke sich hinsetzte und ihr half es von seinem Körper zu ziehen.

„Du hast wirklich etwas", bewunderte sie und ließ ihre Hände über seine perfekten Schultern und Armen entlanglaufen, warf einen Blick auf die perfekt geformte Brust und Bauchmuskeln.

„Guck mal, wer da spricht", sagte Luke und zog eine Braue hoch.

Aubrey brachte ihn zum Schweigen und küsste ihn, während sie ihn auf den Rücken drückte. Sie beobachtete genau sein Gesicht, während sie den Knopf seiner Hose fand und ihn aufmachte. Die Lust und Bewunderung, die sie in seinen Augen sah, verblüfften und ermutigten sie. In einer halben Minute hatte sie ihn bis auf die graue Boxershorts ausgezogen, ihre Augen tranken jeden Zentimeter seiner nackten Haut.

Sie küsste ihn wieder, leicht und neckend dieses Mal, sie ließ ihre Fingerspitzen über seinen Hüftknochen wandern und über die Oberfläche seiner Schenkel. Sein Schwanz zuckte, während er sanft knurrte, eine Forderung, bei der sie weitermachte. Aubrey wollte sich ihre Zeit nehmen und jeden Zentimeter des Mannes entdecken.

Sie steckte ihre Finger in sein Hüftband, zog seine Boxer kurz über seine Hüften und befreite seine Erektion. Sie nahm in ihre Hand und war erneut überrascht von seiner reinen Größe. Die Basis seines Schwanzes war zu dick für sie, um ihre Finger darum zu schlingen, und als er gegen seinen Körper lag, reichte er fast bis zu seinem Bauchnabel. Alle Verwandler waren groß, aber Luke hatte wirklich den Vogel abgeschossen.

Luke stöhnte, seine Augen schlossen sich, während er sich an ihrer Hand bewegte. Aubrey streichelte das seidenartige, harte Fleisch von oben nach unten, ihr Daumen fuhr die dicken Venen unter der Haut nach. Sie strich mit dem Daumen über den Kopf und verteilte den dicken Saft mit ihrer Berührung.

Sie warf ihr langes Haar über ihre Schulter und lehnte sich nach vorne und leckte ihn von unten bis nach oben, ehe sie ihre Lippen um die Krone schloss. Luke schrie auf, sein ganzer Körper wurde steif.

Genauso schnell zog Luke sich zurück. Er griff Aubrey und zog sie neben sich und erhob sich, um sich über sie zu legen.

„Nichts mehr davon", befahl er.

„Aber ---", begann Aubrey.

„Ich habe lange genug ausgehalten. Ich wollte das richtig für dich machen und du machst es gerade noch besser", sagte er ihr und seine Lippen zuckten vor Belustigung.

Aubrey brummte nur, aber sie war zu geil, um aufgeregt zu sein. Sie würde noch an die Reihe kommen, seine Lust zu kontrollieren, selbst wenn es nicht sofort war.

„Warum bin ich der einzige, der nackt ist?", fragte Luke und spielte Verzweiflung. Er schälte das Kleid vom ihrem Körper und ignorierte ihren schwachen Protest, als er ihren BH und ihr Höschen auszog. Aubreys Lust schwand; sie fühlte sich so ausgesetzt, schon fast peinlich berührt als Lukes

Augen über ihr üppiges nacktes Fleisch glitten.

Als sie versuchte, sich selbst zu bedecken, landeten ihre Hände auf ihrem runden Bauch, Luke knurrte sie an. „Du ruinierst meine Sicht", schimpfte er und zog ihre Hände weg. „Du bist viel zu schön, ich will dich überall küssen, aber ich kann mich nicht entscheiden, wo ich anfangen soll."

Aubrey wurde rot, als Luke sich neben sie legte und ihren Körper an seinen zog. Ihre Brüste und Schenkel streiften gegen seinen Körper und gaben ihr einen verlockenden Hinweis auf die Wärme, die von ihm ausstrahlte. Luke drückte einen Kuss auf ihre Mundwinkel, auf ihr Kinn und auf ihren Nacken. Er knabberte an ihrem Ohr, und ließ sie vor Lust zittern.

Er küsste ihren Nacken und Schultern, während seine Hände ihre Brüste fanden und ihr schweres Gewicht wogen. Er neckte ihre Nippel mit seinen

Daumen, während er ihren Nacken mit schnellen Bissen markierte. Begehren brannte wieder hell in ihrem Inneren, ihre Brüste schmerzen und brannten selbst, als sich flüssiges Verlangen in ihrem Kern sammelte.

„Luke ...", flüsterte sie.

Er wandte seine Aufmerksamkeit wieder ihren Brüsten zu, und streifte die zarte Unterseite einer jeden mit dem leichten Wachstum seines Bartes. Als sich seine Lippen um ihre Nippel schlossen, stöhnte sie und drückte ihren Rücken durch und wollte mehr. Als seine Zunge über ihre Nippel fuhren, seine Finger über die Linie bis zu ihrem Bauch und weiter nach unten, fanden und entdeckten sie ihre Schamlippen.

„Scheiße, du bist schon total feucht für mich", zischte Luke. Er ließ ihre Brüste in Ruhe und seine Finger teilten ihre Schamlippen und umkreisten ihren Kern.

Bei der ersten Berührung seiner Fingerspitzen an ihrer Klit, kam Aubrey fast. Ihre Haut fühlte sich straff an, Feuchtigkeit bildete sich auf ihrem Fleisch, als der Drang sie überkam. Sie wollte mehr, sie brauchte mehr, aber sie konnte sich nicht dazu durchringen ihn aufzuhalten. Seine geschickten Finger brachten sie höher und höher, bis sie dachte, sie würde zerplatzen. Ehe sie kam, zog sie sich zurück.

„Was ist los?", fragte Luke und gab ihr einen innigen Kuss.

„Ich will, dass wir zusammen kommen", sagte Aubrey. Sie hatte ihre Wünsche nicht mehr laut ausgesprochen, seitdem sie mit ihm in San Diego gewesen war und es fühlte sich ein wenig unangenehm an.

Luke antwortete mit einem Knurren, dann nahm er ihre Hüfte und zog sie näher und gab ihr einen fordernden Kuss und sagte ihr, dass sie das richtige gesagt hatte.

Zu Aubreys Überraschung zog Luke sie auf seinen Körper und ließ sie ihre Hüften spreizen. Er bäumte sich ein wenig auf, als ihre Hitze sich an seinen Schwanz drückte und ihn in sich lockte. Er griff nach oben und zog ihre dunklen Haare über ihre Schulter, seine Augen glühten praktisch vor Lust.

„Schau dich an", sagte er wieder und formte ihre Hüften mit seinen Händen und umfasste ihre Brüste. „Scheiße, Aubrey. Ich will in dir sein."

Luke hob sie ein wenig hoch, griff nach seiner Erektion und neckte ihre Klit mit der dicken Spitze. Aubrey bewegte sich, verband ihre Körper, sodass die Hitze seines Schwanzes sich in den Eingang ihres, nassen, notgeilen Kanals presste.

Zentimeter für quälenden Zentimeter nahm Aubrey ihn in sich, sie zitterte, als ihr Körper sich streckte, um sich an seine Größe anzupassen. Luke griff ihre Hüften mit einem gequälten Ausdruck auf seinem Gesicht, aber er machte nichts Weiteres, als einen langen Atem auszustoßen.

„Fick mich, Aubrey. Du fühlst dich

so gut an, besser als ich in Erinnerung hatte", sagte er. Eine Vene pochte an seiner Stirn, weitere standen in seinem muskulösen Arm hervor, während er sich in Zaum hielt.

Sobald Aubrey sich zu bewegen begann, bewegte er sich mit ihr. Sie ob und senkte ihren Körper, das Gefühl seines Schwanzes, der an jeder sensiblen Stelle rieb, brachte eine Gänsehaut auf ihren Körper.

Luke war noch zurückhaltend, lenkte sich ab, in dem er ihre Brüste knetete und küsste, während sie einen langsamen Rhythmus vorgab. Wellen an flüssiger Hitze fuhren durch ihre Körper, als sie ihr Tempo erhöhte, ihre Brüste hüpften auf und ab und ihr Hintern klatschte gegen Luke.

Dennoch wartete er; ihr Partner hatte die Geduld eines Engels. Aubrey wollte dennoch nichts davon.

„Fick mich Luke. Lass es raus", befahl sie.

Luke stieß in ihren Körper, füllte sie

völlig aus und sie stöhnten beide vor Lust. Er bewegte sich unter ihr, seine Hände umklammerten ihre üppige Hüfte, während sie ein hartes, schnelles Tempo fand. Lukes blaugrüner Blick ruhte auf ihrem Gesicht und Aubrey konnte nicht aufhören ihn anzuschauen.

Lukes ganze sorgfältige Kontrolle verschwand, während er ihr in ihren Körper stieß und dabei bei jedem Zucken von Aubreys Hüften zufriedene Knurrgeräusche ausstieß.

„Du bist so eng, so heiß", stöhnte er. „Ich kann nicht warten …"

Sein dicker Daumen fand ihre Klit, rieb daran in beständigen Kreisen, bis ihr Körper sich anspannte, als sie den Höhepunkt erreichte. Lukes Mund fand die sensible Kurve ihrer Brust, seine Zähne senkten sich in ihr Fleisch und kreierten einen Ausbruch an Lust und Schmerz, der sie sofort kommen ließ.

Aubrey schrie ihre Erleichterung heraus, als ihr Körper sich zusammenkrampfte und sich um Lukes Schwanz schloss, das Gefühl war so stark, dass sie für einen Moment nichts außer Sterne in der Dunkelheit sah. Lukes passender Schrei brachte sie wieder in die Realität zurück und Aubrey schrie erneut, während er in ihren Körper stieß und seinen Samen tief in ihren Unterleib schoss. Sein Schwanz zuckte wieder und wieder, die Freude der Ekstase und Erleichterung zeigte sich auf seinem Gesicht.

Als er langsam wurde und wieder zu Atem kam, griff Luke Aubreys Nacken und zog sie herunter und presste ihren Kopf auf seine Brust. Sie lagen dort für Minuten oder Stunden oder für immer, atmeten gegeneinander, während ihre Herzen in ihrer Brust hämmerten. Aubrey steckte ihr Gesicht gegen Lukes feuchten verschwitzen Halses und nahm einen tiefen Atemzug des männlichen Geruchs in ihre Lungen.

Dann bewegte sich Luke unter ihr und Aubrey wusste, sie musste sich bewegen, damit er atmen konnte. Sie musste ihn fast zerquetscht haben, egal wie groß er vielleicht war. Als sie begann sich wegzudrehen, griff Luke wieder nach ihrem Nacken, eine besitzende Geste, die ihren Magen flau werden ließ.

„Wo willst du hin?", fragte er und seine andere Hand umfasste ihren Po, ehe er sie weiter nach oben fahren ließ und langsame Kreise über ihren Rücken machte.

„Ich wollte nur –"

„Beweg dich nicht. Ich würde dich für immer hierbehalten, wenn ich könnte", seufzte Luke und knabberte an ihrem Ohr und küsste ihren Nacken, bis sie kicherte.

„Ich mache es nur ... du weißt schon, bequemer für dich", sagte Aubrey und rollte hinüber, um sich neben ihn zu legen.

„Du bist ungefähr 100 Grad heiß, weißt du."

„Und wessen Schuld ist das?", neckte

Luke und küsste sie. „Du hast mich angestachelt. Gott, mein Bär ist noch mehr in dich verliebt, als ich."

Aubrey erstarrte. Konnte er das wirklich so meinen?

„Hey", sagte Luke und hob ihr Kinn hoch, sodass er ihr Gesicht sehen konnte.

„Ja", sagte Aubrey und warf ihm ein halbherziges Lächeln zu.

„Wirklich. Du weißt, dass ich dich liebe, oder?"

„Luke, du musst nicht –"

„Warte kurz. Beweg dich nicht", sagte er ihr. Er setzte sich hin und schaute sich um, griff nach seiner Kleidung und durchwühlte seine Hosentaschen.

Aubrey runzelte die Stirn, sie vermisste die Körperhitze, die sie noch vor Kurzem belächelt hatte. Als er sich hinunter beugte und sie anschaute, war sie wieder zufrieden. Sie lächelte ihn an, bereit sich näher an ihn zu kuscheln und einzuschlafen.

„Warte, warte. Ich weiß du bist kaputt, aber gebe mir eine Sekunde", sagte Luke. Er nahm ihre Hand und öffnete sie, drückte ein kleines Objekt in ihre Handfläche. Aubrey hielt ihre Hand vor ihr Gesicht und zwinkerte.

„Ein Ringkästchen", sagte sie laut und fühlte sich dumm.

„Hm, ja." Luke warf ihr einen Blick zu und griff herüber und öffnete das Kästchen. Im Inneren lag ein blinkender Diamant und Saphir Ring, einen größeren Klunker hatte Aubrey noch nie in der Hand gehalten.

„Luke!", rief sie. Sie schlug ihn mit der freien Hand verwirrt auf die Brust. „Was zur Hölle?"

„Hör mal, du musst ihn nicht tragen. Vielleicht glaubst du, er ist hässlich", begann er.

„Nein! Nein. Er ist mehr als schön", sagte Aubrey mit Tränen in den Augen.

„Ich wollte nur … du weißt, ich will, dass du meine Partnerin bist und ich will, dass du meinen Ring trägst. Vergeige ich das schon wieder?", fragte er und bemerkte die Tränen, die Aubreys Wange herunterrollten.

„Nein", sagte sie und ihre Stimme wurde ganz heiser.

„Aubrey Rose Umbridge du … du bist die Richtige für mich", sagte Luke. „Willst du bitte meinen ungewöhnlich schönen Ring tragen?"

„J-ja?", sagte Aubrey überrascht.

Luke schaute sie einen Moment lang an und grinste dann.

„Ich nehme, was ich kriegen kann", witzelte er. Er nahm das Ringkästchen und zog den Ring heraus. Als er ihn auf ihren Finger gleiten ließ, konnte Aubrey ihr Schluchzen nicht mehr zurückhalten. „Sag mir bitte, dass das Freudentränen sind. Bitte."

„Ich liebe dich auch", platzte es aus Aubrey heraus und schlang ihre Arme um Luke. Er lachte und drückte sie.

„Gott sei Dank", sagte er und zog sie an sich, um ihr einen Kuss zu geben. „Ich hoffe, das war es wert, dass deine Schlafenszeit aufgeschoben wurde?"

Aubrey stieß ihn wieder an seine Brust, dann hielt sie ihre Hand hoch und bewunderte den Ring.

„Partner", sagte sie laut.

„Partner", wiederholte Luke und nahm ihre Hand und zog sie nahe an sich.

Auch wenn es das letzte auf der Welt war, was Aubrey von dem Tag heute erwartet hatte … Gott, ihr ganzes Leben konnte sie sich nicht an einen Moment erinnern, an dem sie glücklicher gewesen war. Nicht einmal damals in San Diego, wo alles begonnen hatte.

SCHNAPP DIR EIN KOSTENLOSES BUCH!

MELDE DICH FÜR MEINEN NEWSLETTER AN UND ERFAHRE ALS ERSTE(R) VON NEUEN VERÖFFENTLICHUNGEN, KOSTENLOSEN BÜCHERN, RABATTAKTIONEN UND ANDEREN GEWINNSPIELEN.

kostenloseparanormaleromantik.com

BÜCHER VON KAYLA GABRIEL

Alpha Wächter Serie

Sieh nichts Böses

Hör nichts Böses

Sprich nichts Böses

Überfall der Bären

Bärrauscht

Bär rührt

Josiah's Anordnung

Luke's Besessenheit

ALSO BY KAYLA GABRIEL

Alpha Guardians

See No Evil

Hear No Evil

Speak No Evil

Bear Risen

Bear Razed

Bear Reign

———

Red Lodge Bears

Luke's Obsession

Noah's Revelation

Gavin's Salvation

Cameron's Redemption

Josiah's Command

———

Werewolf's Harem

Claimed by the Alpha - 1

Taken by the Pack - 2

Possessed by the Wolf - 3

Saved by the Alpha - 4

Forever with the Wolf - 5

Fated for the Wolf - 6

ÜBER DEN AUTOR

Kayla Gabriel lebt in der Wildnis Minnesotas, wo sie, das schwört sie, Gestaltwandler in den Wäldern hinter ihrem Garten sieht. Ihre liebsten Sachen auf der ganzen Welt sind Mini-Marshmallows, Kaffee und wenn Leute ihren Blinker benutzen.

Tritt mit Kayla via E-Mail in Kontakt: kaylagabrielauthor@gmail.com und vergiss nicht, dir ihr KOSTENLOSES Buch zu sichern: http://kostenloseparanormaleromantik.com

http://kaylagabriel.com

www.ingramcontent.com/pod-product-compliance
Lightning Source LLC
LaVergne TN
LVHW011812060526
838200LV00053B/3750